UNPERFEKT UND DU
MITTENDRIN

Unperfekt und du mittendrin

Mein Ich ist nur die Projektionsfläche für dein Du

Kirstin Ilge

Impressum

Titel: Unperfekt und du mittendrin
Untertitel: Mein Ich ist nur die
Projektionsfläche für dein Du

Autorin: Kirstin Ilge
E-Mail: kirstinilge@outlook.de

Verlag: BoD · Books on Demand GmbH
Überseering 33
22297 Hamburg
bod@bod.de

Druck: Libri Plureos GmbH
Friedensallee 273
22763 Hamburg

ISBN: **978-3-8370-8652-2**

1. Auflage 2025

Vorwort

Als ich dieses Buch geschrieben habe, wusste ich noch nicht, dass ich Autorin bin. Ich wusste nicht mal, ob ich überhaupt schreiben darf. Ich hab's trotzdem gemacht. Nicht, weil ich mir sicher war, sondern weil ich's gebraucht hab.

Die Texte hier sind alt und neu. Sie stammen aus einer Zeit, in der vieles nicht klar war. Aber sie sind ehrlich. Deshalb lasse ich sie genau so stehen.

Ich habe mich verändert, seit ich das geschrieben habe. Ich bin gewachsen. Klarer. Aber ich weiß: Was hier steht, gehört zu mir.

Wenn du das Gefühl hast, dass sich manches wiederholt, wenn du denkst: "Das klingt wie aus einem anderen Buch", dann liegst du richtig. Ich habe mehrere Bücher gleichzeitig geschrieben. Nicht geplant. Nicht systematisch. Sondern so, wie's kam.

Genau deshalb ist dieses Buch wichtig. Es ist kein Rückblick. Es ist ein Abdruck.

Ich bin weitergegangen. Aber ich lasse diesen Schritt sichtbar.

Willkommen im Mittendrin.

Inhaltsverzeichnis

GENIT – Was ist eigentlich Genit?

Es war eigentlich nur eine Sprachnachricht. Ich wollte „genial" sagen und mein Handy schrieb: GENIT. Ich hätte es löschen können. Korrigieren. Nochmal neu anfangen.

Hab ich nicht.

Weil es genau das war, was ich fühlte: Nicht genial im Sinne von perfekt, sondern GENIT. Dieses „es ist vielleicht nicht glatt, nicht logisch, nicht durchdacht, aber es ist da. Und es ist echt."
GENIT ist ein Gefühl im Moment, in dem alles kurz Sinn macht, obwohl drumherum noch alles wackelt.

Es ist dieser Punkt im Chaos, an dem du plötzlich lachst. Obwohl du eben noch heulen wolltest. Es ist das Innehalten mitten im Durcheinander, das leise Nicken, wenn nichts logisch ist, aber trotzdem genau richtig.

GENIT ist: Ich steh mitten in meinem eigenen Schlamassel, schau mich um, heb die Augenbraue, trink einen Schluck Kaffee und denk: Na gut. Dann halt so.

GENIT kommt nicht mit Absicht. Es passiert. Wie ein Keks, der runterfällt und beim Aufprall eine Erkenntnis mitbringt. Wie eine innere Stimme, die sagt: „Passt schon." Und das reicht dann irgendwie.

Für die einen ist es Unsinn. Für die anderen Magie. Für mich ist es beides.

So ist GENIT aus dem Nichts entstanden.

Wie dieses Buch.

GENIT

Kapitel 1 – Ich wollte nur Kaffee

Im Grunde war einfach nur Kaffee der Plan.
Weder Erleuchtung noch Selbstfindung.
Auch kein Buch, das später irgendwo in
einem Bücherregal steht und leise vor sich
hin staubt, während ich versuche, meine
Steuer zu verstehen. Nein. Kaffee.
Dieser erste Schluck, dieses tiefe, fast
schon dramatische Seufzen, als würde
mein Innenleben für einen Moment auf
Pause drücken. Kein höherer Sinn, kein
Schreibdrang, kein Projekt. Nur Hitze,
Geschmack, Ruhe.

Aber irgendwas ist passiert, zwischen
Kaffeeduft und Keksbruch.

Es könnten die Hunde gewesen sein, die
wieder in Stereo geschnarcht haben wie
eine Waldhütte mit Rohrbruch. Oder mein
Mann, der mir im Halbschlaf mitteilte, dass

seine Haarwurzeln energetisch blockiert seien und er deswegen heute nichts Schweres machen könne.

Ausgenommen das Nutellaglas. Das geht immer.

Oder vielleicht war es dieser winzige, unscheinbare Moment, in dem mein Hirn einen Satz raushaute, der sich plötzlich viel größer anfühlte, als die Situation zuließ.

Schreib's doch einfach auf.

Na klar. Einfach. So wie: Was koche ich heute? Oder: Wo ist der scheiß Impfausweis?
Ich meine, was soll ich denn aufschreiben?
Den Moment, als ich um 22.37 Uhr dachte, ich könnte was sagen, was bleibt?
Meine Listen mit Dingen, die ich nicht erledigt habe?
Den Krümel auf meinem Pulli, der aussieht wie ein Sternzeichen?

Und trotzdem. Diesen Satz konnte ich nicht

einfach ignorieren.

Hier wartet niemand auf Tiefgang. Nur drei Hunde mit einem sehr klaren Ziel: Fressen. Jetzt. Und ein Mann, der fragte, ob ich noch wüsste, wo der eine Zettel mit dem komischen Satz drauf war, den ich nachts geschrieben hatte.

Das wusste ich natürlich nicht. Aber: Ich habe Kaffee, Hunde, Keksbruch. Und jetzt auch einen Satz.

Schreib's doch einfach auf. Also setze ich mich hin, öffne eine neue Datei, nenne sie "Nichts". Der Cursor blinkt mich an wie eine kleine, fordernde Taschenlampe.

Und schreibe. Erst drei Worte. Dann zehn. Dann zu viele, um wieder aufzuhören.

So könnte ein Buch anfangen,. Oder auch nicht.

Aber irgendwas in mir hat es ernst gemeint.

Und genau das schreibe ich jetzt auf.

Mitten im Chaos. Aber nicht allein.

Kapitel 2 – Das Mittendrin und die Krümel

Heute wollte ich alles anders machen. Früher aufstehen. Ruhiger atmen. Vielleicht ein bisschen Struktur. Nicht gleich WhatsApp, nicht gleich reden, nicht gleich mitten rein in dieses Leben, das nie fragt, ob man grad kann. Ich hab es sogar laut gesagt: Heute bleib ich bei mir. Mein Mann nickte. Die Hunde schnarchten. Die Welt draußen war still, als hätte sie Respekt vor meinem Plan.

Ich stand mit Kaffee am Fenster und dachte, vielleicht ist das der Moment, in dem alles leise wird. In dem man sich selbst wieder hört. Fünf Minuten später:

Schatz, hast du den Socken gesehen? Oder hat Skadi ihn wieder gefressen? Mir wird schon wieder schlecht. Ich hol schon mal das Küchenpapier.

Früher war das Aurkas Job. Der konnte ganze Socken verschwinden lassen, ohne mit der Wimper zu zucken.

Aurka hat mal einen dieser kurzen Socken gefressen. Einfach so. Komplett reingezogen. Und wir dachten: Das war's. Jetzt kommt Magenverschluss, Not-OP, Drama. Aber nix passierte. Gar nix. Keine Verdauungsprobleme, kein Jammern, kein gar nichts. Also haben wir es irgendwann vergessen.

Ein halbes Jahr später. In der Nach -Corona-Zeit. Klinikbesuch wegen Ohrentzündung. Aurka, der sich sowieso beim Tierarzt oder in der Tierklinik nie richtig anfassen ließ, jedenfalls nicht freiwillig, weil der große Herdenschutzhund dann zum Herdenschisshund mutierte, musste sediert werden.
Und dann: Wir sitzen da im Wartezimmer, alles still, alles angespannt. Plötzlich fängt der Hund an zu würgen. Wir kommen gar nicht schnell genug an den Maulkorb, um

ihn abzuziehen. Und dann kotzt er. Und was kommt raus?

Der Socken.

Halb verdaut, aber eindeutig.
Sechs Monate später.
Ich schwöre.

Und jetzt? Skadi. Kleiner Aurka mit Turbo. Weniger Masse, gleiche Mission.

Und da war sie wieder. Die Realität. Barfuß im Flur, mit einem halben Keks im Mund, der sich schon wieder in meine Zahntaschen bröselte, und der leisen Ahnung: Das wird wieder nix.

Eigentlich schien der Tag perfekt für eine Überraschung. Hat auch geklappt. Nur andersrum. Manchmal ist es wie in Etappen. Morgens poetisch, mittags planlos, abends philosophisch. Und dazwischen? Ein Dazwischen, das nicht aufhört. Gefangen im Wäschekorb, auf der Suche nach Dingen, die gestern noch da waren. Nur heute eben nicht.

Gespräche mit mir selbst, die wie Sprachnachrichten ohne Antwort durch mein Hirn schleichen. Gedanken, die beim Abwasch verloren gehen. Einkaufslisten, die ich mir aufs Handgelenk schreibe. Mit Eyeliner, weil der Stift mal wieder verschwunden ist. Und Gefühle, die sich anfühlen wie Pudding mit Meinung.

Und trotzdem. Weiter geht's. Mit Stil. Mit Socken. Mit Kaffee, der nicht mehr heiß ist, aber immerhin noch wach macht. Und an guten Tagen sogar mit Lippenstift. An ganz besonderen vielleicht auch mit Mut. Mut, nicht sofort zurückzuschreiben. Mut, einen Punkt zu setzen, statt drei. Mut, den Satz nicht zu löschen, obwohl er laut war.

Ein wenig Stabilität wäre schön. Aber wer sagt denn, dass Wackelpudding nicht auch trägt? Vielleicht sind es ja gerade die zitternden Stellen, die uns daran erinnern,

dass wir leben. Dass wir fühlen. Dass wir
noch nicht ganz resigniert haben.

Am Morgen stand mein Mann in der Küche,
schaute mich an wie ein Wissenschaftler,
der sein Lieblings-Experiment nicht ganz
versteht, und meinte völlig ernst:
Ich hab die Spülmaschine ausgeräumt. Und
mit Anu gesprochen.
Mit Anu?
Sie hat mir versprochen, heute nichts
umzuschubsen.
Na dann… erstaunlich. Spülmaschine und
Hunde-Gespräch. Das Übliche.

Dann nahm er einen Schluck Kaffee,
runzelte die Stirn und murmelte noch
irgendwas in seinen Bart, was ich nicht
ganz verstand. Irgendwas mit kosmisch und
Jogginghose. Aber ich ließ es stehen. Nicht
alles muss Sinn ergeben, um mein Herz zu
treffen.Manche Sätze sind wie wir,
unlogisch schön.

22 Uhr. Skadi und Pepper starten wie immer ihre Spielrunde. Ein wildes Rennen über Sofa, Stuhl, Teppich und Bein. Pepper dreht wie ein angeschobener Flummi, Skadi folgt im Zickzack, und irgendwo dazwischen versuche ich, meinen Fuß zu retten.

Anu liegt darunter. Unter der Couch. Bewegungslos. Nur ein Ohr zuckt. Sie hat Feierabend. Ich beneide sie um diese innere Ruhe, die nicht mal ein fliegender Hausschuh stört.

Schlafen wäre schön gewesen. Aber vielleicht passe ich wenigstens unter die Couch. Oder in einen der Wäschekörbe, die seit drei Tagen im Flur stehen und so tun, als hätten sie eine Daseinsberechtigung.

Und während die beiden über Tisch und Teppich bretterten, übte ich mich in Akzeptanz. Es war 22 Uhr und anscheinend Showtime. Ich ließ sie kurz raus in den Garten, damit die Nachbarn auch was davon hatten.

Kapitel 3 – Ich schwitze nicht – ich leuchte

Heute dachte ich, es sei Sommer. War's aber nicht. 18 Grad. Windig. Und trotzdem hatte ich das Gefühl, mein inneres Thermostat wurde von einem schlecht gelaunten Hamster bedient. Willkommen in meinem Körper. Willkommen im Selbstanzündungsmodus.

Früher dachte ich, Wechseljahre wären was für später. Für andere. Für „die da". Jetzt sitz ich hier mit einem Ventilator in der Hand und einem Fächer im BH und frage mich, wann genau mein Körper beschlossen hat, dass ich eine Heizung auf zwei Beinen sein soll. Ich leuchte von innen aus Überzeugung. Ungefragt.

Ich sag's mal so: Schätzt ruhig mein Alter.

Ein paar Hinweise gefällig?

Ich bin alt genug, um zu wissen, dass man nicht alle Krümel im Leben aufsaugen muss. Und jung genug, um bei WhatsApp-Gruppen noch zu fluchen, statt zu kapitulieren. Ich hab als Kind Märchen auf Kassette gehört – und als Erwachsene meine eigenen geschrieben. Ich kenn das Geräusch einer aufspringenden Brotdose in der Schultasche. Und ich habe das erste Mal mit 40+ wirklich laut „Nein" gesagt – und es auch gemeint.

Punkt. Eigentlich… wollte ich euch das alles ersparen. Aber hey – das ist ein echtes Leben. Und meins glüht gerade.

Skadi liegt auf meinen Füßen. Und ungefähr so hilfreich, wie ein Heizkissen mit Puls. Lieb gemeint, dafür körperlich fatal.

Pepper sitzt auf dem Sofa und guckt mich an, als wäre ich die Hauptattraktion einer Show, die sie nie bestellt hat, aber jetzt trotzdem schaut. Mit Popcorn. Innerlich.

Und Anu – meine weise Hündin – kommt ganz langsam auf mich zu, legt ihren Kopf auf meinen Schoß und seufzt. So tief, so verständnisvoll, so… dramatisch. Ich glaube, sie war in einem früheren Leben eine menopausale Kräuterfrau.

Mein Mann kommt rein, guckt in die Runde, guckt mich an, guckt den Ventilator an, zieht eine Augenbraue hoch und sagt mit völlig ernster Miene: „Muss ich wieder deine energetischen Kühllamellen aktivieren?"

Und das passiert nicht zum ersten Mal. Regelmäßig – etwa gegen 21 Uhr – verwandelt sich mein Körper in ein mobiles Hitzekraftwerk. Dann reiße ich mir mitten im Wohnzimmer die Klamotten vom Leib, so entschlossen, als wollte ich sie verbrennen, bevor sie sich mit mir entzünden. Mein Mann guckt nur trocken und sagt: „Na? Haste wieder deinen eigenen Sommer?"
Ich: „Nee, ich wär dann soweit für Winter."
Er: „Ich sag dir – das ist kein Hormonchaos. Das ist ein Vulkanausbruch mit Charakter."

Ich liebe diesen Mann. Und hasse gleichzeitig jede Hitzewelle, die aus dem Nichts kommt.

Er legt mir einen kühlen Löffel auf die Stirn. Ich schwöre, das ist Liebe.

22:04 Uhr. Die Sonne ist längst untergegangen – aber in unserem Wohnzimmer tobt noch der Wahnsinn.

Skadi und Pepper jagen sich quer durchs Haus, rennen im Zickzack über Teppiche, werfen dabei einen Pantoffel, einen Kissenbezug und fast meine Würde um. Spielrunde. Immer um diese Uhrzeit. Weil... warum auch nicht?

Und Anu?

Anu liegt tiefenentspannt unter der Couch. Nur die Ohren wackeln kurz. Dann schiebt sie einen müden Blick hervor, so nach dem Motto: „Ich bin raus, Leute. Macht euren Zirkus allein."

Ich beneide sie. Aber auch nur, bis mir auffällt, dass ich um 22.45 Uhr gerade in Schlafanzughose auf dem Wohnzimmertisch sitze, mit einem Teebeutel in der Hand und einem Schluck Wein in der Seele.

Dann knackt mein Rücken. Ich stöhne leise. Und sage zu niemandem: „Ich brauche einen eigenen Körpertherapeuten." Skadi guckt mich an. Und gähnt. Ich glaube, sie stimmt mir zu.

In mir rattert der Tag nach. Was hab ich eigentlich geschafft? Ein halber Text. Eine Sprachnachricht. Zweimal aufgestanden, dreimal verzweifelt, fünfmal gelacht.

Ich denke kurz, ich sollte mehr leisten. Und dann fällt mir wieder ein, dass Leuchten auch eine Form von Leistung ist. Nur eben leiser.

Eigentlich… war das ein guter Tag. Zumindest zum Leuchten.

Kapitel 4 – Zwischen Krümeln die Wahrheit

Ich lache oft, damit es nicht weh tut.
Schreiben ist mein Ventil, damit ich nicht
platze. Manchmal wäre Lautsein besser.
Aber dann kommt doch wieder das
Schweigen zuerst. Nicht, weil ich es nicht
kann, sondern weil ich es zu gut kann.
Willkommen in meinem Kopf. Bitte auf den
Boden achten, da liegen lose Gedanken.
Sie rutschen manchmal aus der
Jackentasche, wenn ich vergesse, dass ich
überhaupt eine anhabe.

Es gibt Tage, da wachst du auf und alles ist
leise. Nicht draußen, sondern drinnen.
Keine Stimme, kein Gefühl, kein Plan. Nur
so ein dumpfes „hm". Wie ein Radiowecker
ohne Sender. Du weißt, du bist da, aber du
hörst dich nicht.

Solche dieser Tage gab es viele. Manche nannte ich Montag. Andere einfach „verdammt". Und manche hatten gar keinen Namen, sondern nur dieses Gefühl, als hätte jemand im Inneren die Fernbedienung verlegt. Pause. Stumm. Irgendwas.

Aber dann kommt so ein Moment zwischen zwei Schlucken Kaffee, zwischen zwei Pfoten auf deinem Schoß – da hörst du plötzlich was. Kein Engel, kein Universum. Nur dich. Ganz leise. Fast wie ein Zucken. Und du sagst: „Och, mehr wäre schön." Mehr Ich. Mehr Sinn. Mehr Stille. Mehr Lachen, das nicht nur vom Hals kommt, sondern vom Bauch. Lachen, das nicht auf Knopfdruck kommt, sondern aus den Zehenspitzen.

Eigentlich… …weiß ich gar nicht, wie das geht. Dieses „mehr ich sein". Aber ich versuche es jeden Tag. Mal mit Stolz. Mal mit Wut. Mal mit Zahnpasta auf dem Shirt und einem Gedanken, der um 3 Uhr morgens nicht schlafen will.

Es gab mal einen Tag, da war ich komplett leer. Ein Samstag. Nichts Besonderes. Mitten im Supermarkt, die Butter in der Hand und plötzlich wusste ich nicht mehr, warum ich da war. Nicht wegen der Butter. Wegen mir. Ich war einfach da. Ohne Ziel, ohne Richtung. Nur mit diesem inneren: „Was soll das eigentlich alles?"

Da stand ich nun, umgeben von 17 Sorten Quark und dachte: „Was will ich eigentlich vom Leben?" Der Mann hinter mir sagte: „Dauert das noch?" Ich drehte mich um und sagte: „Ja. Mein ganzes verdammtes Leben vielleicht." Er nickte. So, als hätte er es verstanden. Und ging. Ich schwöre, das war mein erleuchtetster Moment seit Jahren. Vielleicht war er ein Engel. Oder einfach nur jemand, der wusste, wann es reicht.

Pläne liegen mir nicht. Gefühle schon. Und Gefühl ist manchmal wie Pudding auf Trampolin. Zitternd, unberechenbar, aber irgendwie tragend. Und weißt du was? Man kann auch auf Pudding stehen, wenn man den Mut hat, sich fallen zu lassen. Manchmal hüpft man sogar ein bisschen mit.

Gefühlt war ich schon alles in meinem Leben. Von Hauptdarstellerin bis Statistin im eigenen Film. Aber keine davon war je vollständig. Ich war immer ein bisschen zu viel oder zu wenig. Und manchmal beides gleichzeitig. Und trotzdem: Ich war da.

Ich bin ein Mosaik aus Momenten. Und manche sind schief. Manche glänzen. Manche tun weh. Und trotzdem ergibt es ein Bild. Mich. Ein bisschen verwaschen vielleicht. Nicht perfekt ausgeleuchtet. Aber echt. Und mit jeder Scherbe ein bisschen mutiger.

Eigentlich… …genügt das. Und wenn nicht, hab ich wenigstens noch Kekse. Oder einen halben. Oder die Krümel. Und manchmal sind genau die das Beste.

Kapitel 5 – Der Zauberstab in der Sockenschublade

Ich habe alle Harry Potter Bücher gelesen. Mitten im Alltag, wäre ein Zauberstab manchmal nicht schlecht. Nicht, um andere in Frösche zu verwandeln. (Meistens jedenfalls nicht.) Sondern um Dinge leichter zu machen. Still. Hell. Sanft. Mit einem Lumos, wenn ich im Dunkeln steh. Mit einem Alohomora, wenn ich mich selbst nicht mehr aufbekomme.

Aber ich hab keinen Zauberstab. Sondern Worte. Und Hunde. Und einen Mann, der sagt, er sei ein Vulkanier mit Herz. Passt.

Es kommt auch vor, dann sitze ich da, mit einer Kaffeetasse in der Hand, und denke: Was, wenn ich einfach losmale?

Bunte Blauklötze. Warum Blau? Weil Blau alles kann. Still. Tief. Himmel. Ozean. Zaubertür. Und weil ich die Farbe immer unterschätzt habe.

Naja, oder ich male mir mein Leben auf. Kein perfektes Bild. Eher so: Picasso trifft auf Kindergarten. Ein bisschen daneben, ein bisschen krumm. Und mittendrin: Mit meinem inneren Zauberstab, der sagt: „Mach ruhig. Ist deins."

Eigentlich… wäre es besser gewesen früher damit anzufangen. Aber ich musste wohl erst ein bisschen kaputtgehen, um meine eigene Magie zu merken.

Geheilt wird nicht mit Licht. Nö, ich heile mit Lachen. Mit Worten. Mit Hundepfoten und Teebeuteln und einer Prise „Ach komm, mach halt!".

Große Wunder sind selten. Die kleinen passieren ständig. Wenn jemand wieder atmet, wenn jemand sich traut, wenn jemand sich nicht mehr entschuldigt, für das, was er ist.

Und ich? Keine Heldin mit Umhang, aber immerhin mit einem imaginären Zauberstab in der Sockenschublade und mehr Wortwirbel als Zaubersprüche.

Kein Hogwarts. Kein Orden des Phönix. Nur mein Leben.

Heute jedenfalls.

Morgen zauber ich vielleicht ein Schloss. Oder nur ein Herz in den Milchschaum.

Auch das ist Magie.

Der wahre Zauber nicht in einem „Wingardium Leviosa", sondern im Aufstehen an einem Montagmorgen. Im Durchhalten, wenn niemand klatscht. Im Dranbleiben, auch wenn alles still ist.

Neulich habe ich meine Sockenschublade aufgeräumt. Nicht, weil ich wollte – sondern weil ich etwas gesucht habe. Einen Zettel, ein Haarband, eine Erinnerung. Stattdessen fand ich eine halbe Schokolade, zwei Einzelsocken und eine To-do-Liste von 2022. Und irgendwo zwischen Wollknäuel und Staubflusen lag er. Mein innerer Zauberstab. Der, der nicht leuchtet – aber trägt.

Und während ich da saß, zwischen Wäschebergen und Gedanken, hab ich ihn wieder gespürt. Diesen kleinen, leisen Mut. Den, der sagt: Du kannst das. Auch ohne Plan. Auch ohne Zaubertrick.

Ich hab gelächelt. Und weitergemacht.

Kapitel 6 – Zwölf Beine und ein stilles Ja

Es ist Abend. Alles liegt. Alle zwölf Beine ruhen verteilt auf Sofa, Boden, Decke, Seele. Skadi schnarcht leise. Hin und wieder auch rückwärts. Mit Geräuschen, die klingen, wie ein kaputter Milchaufschäumer im Rückwärtsgang. Sie schläft, als wäre die Welt gut. Vielleicht ist sie das gerade. Ich sitze da, still, beobachtend. Mein Herz atmet ein. Meine Gedanken flüstern: Bleib einfach kurz hier.

Skadi dreht sich. Und plumpst. Elegant wie ein Käsebrot. Mal mit der Pfote zuerst, mal rücklings, mal in einer Variation, die nur sie kennt. Und dann guckt sie mich an. So nach dem Motto: „Ich wollte das so." Natürlich.

Diese Momente sind goldwert. Dieses „nichts tun müssen", außer dasein. Manchmal ist das schwer. Einfach da zu sein. Weil man denkt, man müsste mehr. Reden. Erklären. Leisten. Aber jetzt nicht. Jetzt ist nur Couch. Und Skadi. Und der stille Frieden, wenn niemand was will, aber alle da sind.

Genau das … ist das Liebe.

Kennst du das? … Es gibt Momente , da vergisst man, wie laut das Leben war, bevor man lernt, in der Stille zu atmen. Früher hätte ich die Zeit genutzt, um Mails zu checken. Oder Wäsche zu falten. Oder irgendwas zu tun, das „produktiv" klingt. Heute weiß ich: Das hier ist produktiv. Für mein Herz. Für mein Nervensystem. Für den Teil von mir, der oft genug überdreht war, weil alles gleichzeitig sein musste.

Aber wehe, wehe ich sage: „Sollen wir nochmal Pippi machen gehen im Garten?" Dann schießen zwölf Beine in alle Richtungen. Skadi schießt los, als hätte jemand ein Gummiband unter ihr losgelassen.
Pepper sprintet aus ihrer Höhle wie ein

aufgescheuchtes Eichhörnchen.
Und Anu krabbelt unter der Couch hervor
wie eine Bekloppte – mit Blick auf den
Garten, als ginge's ums Finale der
Hundemeisterschaft. Und plötzlich ist Leben
in der Bude. Eben noch Meditation. Jetzt
Festival. So geht das hier.

Und weißt du was? Da möchte doch keiner
anders leben. Nicht leiser. Nicht sauberer.
Nicht klarer. Ich will Pfoten auf meiner
Couch. Krümel auf meinem Shirt.
Plumpsende Skadi-Momente und nächtliche
Gartenrunden mit Glühwürmchen-Gefühl.
Ich will ein Zuhause, das nicht glänzt, aber
wärmt. Eins, das nicht perfekt ist, aber echt.

Denn genau da, zwischen Sofa und Seele,
liegt unser Zuhause.

GENIT

Kapitel 7 – Wir liegen. Und alles ist gut

Unsere Hunde schlafen auch mit uns im Bett, wenn sie wollen.. Jawoll. Kein „nur auf der Decke", kein „aber doch nicht im Kopfkissenbereich". Einfach: mit uns. Drei Körper, sechs Beine, drei Herzen, zwölf Pfoten – mittendrin zwei Menschen, die irgendwann aufgegeben haben, sich zu wehren. Weil es sich nicht wie ein Kampf anfühlt, sondern wie Heimkommen.

Wenn ich krank bin, sind sie meine Medizin. Wenn ich traurig bin, mein Trost. Und wenn meine Nächte schlaflos sind, lausche ich ihrem gleichmäßigen Schnarchen – mal leise säuselnd, mal in Dolby Surround – und atme mich daran zurück ins Leben. Ihre Nähe beruhigt nicht nur meine Gedanken – sie erdet mich. Ich weiß, ich bin da. Und sie auch.

Sie schmiegen sich an uns – nicht aus Bedürfnis, sondern aus purer, unverhandelbarer Liebe. Und wir? Wir bewegen uns dann einfach nicht mehr. Auch wenn das Bein einschläft. Auch wenn der Rücken zwickt. Weil ihre Nähe alles heilt, was sonst weh tut.

Es ist eine wortlose Verbindung. Ein Atmen nebeneinander. Ein: Ich bin da. Ohne Absicht. Ohne Erwartung. Einfach nur da.

Skadi legt oft ihre Pfote auf meine Hand. Nicht fest. Einfach so. Wie ein kleiner Anker im Sturm. Manchmal ist das alles, was es braucht, um das Chaos in meinem Kopf zu beruhigen. Okay, manchmal landet ihre Pfote auch auf meinem Gesicht. Dann grinse ich im Dunkeln.

Und wenn ich nachts kurz wach werde, höre ich Pepper leise schnauben – wie ein kleiner Bernackel-Dampfer, der durch Traumwellen schippert.

(Bernackel? Dackelgröße,
Bernhardinerblick und Augenringe wie
Zorro. Muss man erlebt haben.)

Ganz selten, nuschelt sie sogar im Schlaf.
Worte, die nur sie versteht. Ich lächle dann
in die Dunkelheit.

Manche sagen, das sei nicht gut für die
Erziehung. Ich sag: Es ist gut für die Seele.
Und das zählt. Immer.

Unsere Nächte sind nicht immer leise.
Entweder zuckt ein Pfötchen im Traum.
Dann wird laut von Wiesen, Abenteuern
oder Fressnapf-Utopien geträumt. Ganz
selten reden wir im Halbschlaf – irgendwas
zwischen Keks, Sternenhimmel und „Hast
du das Piepen gehört?". Und desöfteren
flüstert mein Mann: „Ich glaube, Skadi hat
meine Socke gefressen." – und ich lache
leise, weil das so sehr unser Leben ist.

Aber wir sind zusammen. Eng. Warm. Echt.
Nicht nach Lehrbuch, "a la so macht man
das". Sondern: unser Leben. Mit Fell. Mit

Herz. Mit nächtlicher Hundewärme, die sich besser anfühlt als jede Wärmflasche.

Ich messe Nähe nicht in Zentimetern, sondern in Vertrauen. Und das hier? Das ist Nähe, wie sie sein soll. Schlafend. Schnarchend. Voller Herz.

Und genau das ist Glück.
GENIT

Kapitel 8 – Zwischen Erdbeeren, Erde und Eigensinn

Es sind die Erinnerungen. Nicht an Fakten, aber an das Gefühl. An das Klackern der Gartentür. An das warme Knarren der Holzbank, wenn ich mich neben Oma fallen ließ, barfuß, mit schmutzigen Knien und Erdbeersaft am Ellenbogen. Sie saß da mit ihrem Kaffeebecher in der einen und einem Häkeltuch auf dem Schoß, das nie wuchs, weil sie mich lieber beobachtete.

„Komm rein, Kind. Du wirst schon wieder ganz grün an den Füßen." Ich grinste, ließ wie immer die Schuhe stehen. Barfuß war echter. Sommer, Leben, Ich. Wir saßen oft stumm nebeneinander – und redeten trotzdem. Ohne viel Worte. Ihre Blicke sagten genug.

Ein Marmeladenbrot in der Hand, das mehr

auf dem Kleid als im Mund landete. „Hör auf zu zappeln, Kind, du schmeißt ja die halbe Welt vom Teller." – „Das ist keine Welt, Oma. Das ist nur Marmelade."

„Für dich ist das nur Marmelade. Für die Ameisen ist das ein Festbankett."

Ich kicherte und ließ absichtlich noch einen Krümel fallen. Sie tat, als würde sie sich ärgern, aber ihre Augen verrieten sie. „Was willst du später mal werden?", fragte sie irgendwann.

Unschuldiges Schulterzucken. „Astronautin vielleicht. Oder Erfinderin. Oder ich zieh in einen Wald und sprech mit Tieren."

„Dann musst du vorher aufräumen lernen."

„Wieso? Die Hexen in den Büchern wohnen auch immer im Chaos."

Sie lachte. Laut. Voller Leben. So klang nur Oma. Und dieses Lachen hat sich fest in meine Erinnerung eingebrannt – als würde es heute noch zwischen den Himbeersträuchern hängen.

Und genau das hat etwas in mir aufgeschlossen. Sie brachte mir bei, dass das Leben nicht glatt sein muss. Dass man nicht immer wissen muss, wohin man geht, Hauptsache, man geht überhaupt.

E Tag mit Erde unter den Nägeln kann manchmal heilsamer sein als jede Schulnote. Krümel erzählen Geschichten. Und Träume dürfen laut sein. Selbst wenn man dabei kleckert.

Oft denke ich an sie. An Tagen wie heute, an denen ich wieder alles gleichzeitig will. Wenn ich mit dem einen Kapitel beginne, während das andere noch nicht zu Ende gedacht ist. Oder ich mit Skadi über Lebensentscheidungen diskutiere oder mit Pepper die Frühstückskrümel teile. Sie hätte das alles verstanden.

Sie hätte gesagt: „Kind, du bist wie Unkraut. Man kriegt dich nicht raus und das ist auch gut so." Und sie hätte es mit genau diesem Blick gesagt, ein bisschen streng, sehr liebevoll und voller Erlaubnis, genau so zu sein, wie ich bin.

Vielleicht war ich damals schon die, die ich heute wieder werde.

Kapitel 9 – Die wackelige Königin

Man sieht mir meine Unsicherheiten oft nicht an. Ich lache laut, rede schnell, mach Witze, wenn es unbequem wird. Nach außen „läuft" sie los, macht Listen, findet Lösungen, während es innerlich nur stillsteht. Mitten im Nebel. Ohne Navi. Nur mit einem leisen inneren „Oh bitte nicht heute."

Vieles ließ sich lange gut verstecken. Und ich dachte, man müsse stark sein. Nicht wackeln. Nicht schwanken. Nicht laut sagen: „Als hätte ich keine Ahnung, was ich hier eigentlich mache."

Aber weißt du was? Gewackelt wird trotzdem. Oft. Täglich. So eine wackelige Königin auf krümeligem Thron. Eine mit Krone, die manchmal rutscht. Dann fange ich Dinge an und frag mich fünf Minuten später: Warum? Dann sag ich Ja, obwohl ich Nein denke. Ich zweifle nicht an anderen, sondern an mir.

Und tu's trotzdem. Trotz Zittern. Trotz innerem Knoten im Bauch. Weil Mut nicht heißt, keine Angst zu haben. Mut heißt, nicht aufzugeben, obwohl sie da ist.

Es gab Nächte, in denen mein Kopf mehr gedacht hat als geschlafen. Tage, an denen man sich selbst auf die Nerven ging. Momente, in denen ich im Bad saß und dachte: „Warum fühl ich so viel? Warum kann es nicht einfach… einfacher sein?" Und dann kam der Gedanke: Wer sagt denn, dass „einfach" besser ist?

Ich habe gelernt, mit meinen Unsicherheiten zu tanzen. Nicht elegant. Eher wie ein betrunkener Flamingo auf einem Bein, aber immerhin tanz ich und gehe weiter. Ich weine und lache. Und manchmal tue ich beides gleichzeitig. Man muss nicht immer stark sein. Aber ehrlich. Und das ist mehr, als ich mir früher zugetraut hätte.

Vielleicht bin ich genau so gemeint. Mit Wackelmut, Seelenkeksen und dieser leisen Ahnung, dass im inneren Durcheinander manchmal die klarste Wahrheit wohnt.

Manchmal sitz ich einfach da und guck auf meine eigenen Gedanken wie auf 'n Korb Wäsche. Zu viel drin, nichts passt zusammen, aber irgendwie gehört's halt alles mir. Und dann denk ich: Joar. So ist das jetzt.
Eine neue Version von mir werden? Nein. Aber ich bin eine, die nicht mehr so tut, als wär sie glatt. Das sieht man vielleicht nicht, aber ich spür's.

Endlich ohne Selbstmitleid. Aber ich bin auch nicht dauernd stolz auf mich.
Nur da. Mit Krone, mit Knick. Mit Zweifel, mit Zahnseide im Ärmel, weil ich wieder alles gleichzeitig gedacht hab.

Und manchmal denk ich: Vielleicht reicht ja, einfach weitergehen.

Nicht weil ich muss. Sondern weil ich es kann.

Und das ist irgendwie auch königlich.

GENIT

Kapitel 10 – Plötzlich war da Leben

Los gehts. Ohne Ziel. Ohne Richtung. Ohne
Antwort. Nur mit diesem leisen Drängen
innen: Beweg dich. Atme. Finde raus, was
du brauchst. Der Weg ist matschig. Nicht im
übertragenden Sinn, sondern wirklich.
Meine Schuhe sehen aus, als hätten sie
einen Kurzurlaub im Moor gemacht. Aber
Let`s Go!DNicht schnell, schnell kann ich
sowieso nicht und weit in einem schon gar
nicht. Nur… weiter. Und dann steh ich da.
Einfach da. Ohne Gedanke. Ohne Plan.
Ohne Schutzschicht. Ich kann die Farben
riechen. Ja, wirklich. Die Luft trägt dieses
Frühgrün in sich, dieses „gleich passiert
was". Ich sehe, wie der Gesang der Vögel
durch die Luft tanzt – kleine Töne mit
Flügeln. Sie flirren durch die Baumkronen,
als wollten sie sagen: „Hör doch einfach
hin." Der Boden spricht. Nicht mit Worten.
Mit Duft. Feucht. Warm. Uralt. Ein bisschen

wie frischer Kaffee auf Walderde. Die Hände an eine Baumrinde und schmecke sie. Nicht mit dem Mund. Mit Haut. Mit Herz. Und für einen Moment bin ich kein Mensch mit Aufgaben, sondern nur ein Wesen mit Puls.

Es ist, als würde alles gleichzeitig mit mir sprechen. Als hätte das Leben gesagt: „Komm. Du gehörst hierher." Stille. Frieden. Alles fließt. Ich schließe die Augen und denke: So fühlt sich Rückkehr an. Und dann... fliegt mir ein Käfer in den Mund. Groß. Mit Beinchen. Ich röchel. Spucke. Fuchtel. Und lande rückwärts im Brennnesselrand. Mit Anlauf. Magie, mein Arsch.

Ich war kurz ein spirituelles Einhorn – jetzt seh ich aus wie ein zerzauster Waldkobold mit Pustel-Aura. Mein rechter Arm brennt, meine Hose hängt schief, und ein Blatt klebt an meinem Hintern. Ich lache. Nicht leise. Laut. So ein Lachen, das durch den ganzen Körper wandert und die Albernheit mit reinigt. Weil... was soll man auch sonst tun?

Das ist Leben. Zwischen Tiefe und Tollpatsch. Zwischen Rinde und Realität. Zwischen GENIT und Genickschuss vom Universum. Punkt. Eigentlich... war das einer der schönsten Momente meines Lebens. Denn er war echt. Ungeplant. Ungebremst. Unperfekt. Und trotzdem oder gerade deshalb: vollkommen.

GENIT.

Kapitel 11 – Mein Körper schreibt sein eigenes Drehbuch

Morgens im Bad. Vor dem Spiegel. Und frage mich leise: „Wer hat diese Haut dahin gelegt?" Sie gehört mir, klar. Aber irgendwie fühlt sie sich nicht mehr an wie… ich. Eher wie eine alte Couch, die langsam die Form von jemandem annimmt, der sehr viel gesessen hat. Mein Körper hat beschlossen, seine eigene Serie zu drehen. Ohne mich. Ohne Drehbuch. Ohne Dramaturgie. Eine Mischung aus: „Wird schon wieder" und „Oh, guck mal – das auch noch!" Manchmal fühl ich mich wie ein Gerät mit wackeligem WLAN. Signal da – dann weg – dann voll da – dann: ERROR 404: Emotion not found.

Der Plan war nur aufstehen – jetzt hab ich plötzlich einen Krampf, meine Brille in der Hand und keine Ahnung, was ich ursprünglich vorhatte. Mein Gehirn ist müde. Mein Körper verwirrt. Und mein Herz? Mein Herz macht trotzdem weiter. Irgendwie. Täglich. Tapfer. Mit dieser kleinen Resthoffnung im linken Vorhof, dass das alles doch irgendwo hinführt. Andauernd lache ich über mich. Ok, nicht immer, aber sehr oft. Ich weiß: Dieser Körper hat mich bis hierher getragen. Mit all seinen Macken, Narben, Wehwehchen und überraschenden Fehlermeldungen. Und weißt du was? Er macht das gar nicht so schlecht.

Neulich hab ich meine Kaffeetasse verloren. Nein, nicht kaputt. Nicht runtergefallen. Einfach… weg. Ich stand in der Küche, hab nach ihr gegriffen – leer. Bin durchs Wohnzimmer gelaufen, ins Bad, ins Schlafzimmer, hab unterm Hund nachgesehen, sogar im Wäschekorb. Nichts. Beim dritten Durchlauf hab ich schon mit mir selbst gesprochen, was übrigens regelmässig vorkommt. Früher hab ich gesagt, ich red mit der Küche. Und ganz ehrlich? Die war und ist oft die

Vernünftigste hier. Heute sagt mein Mann nur noch trocken: „Ach, sprichst du schon wieder mit der Küche?" – und macht sich einen Kaffee.

Apropos Kaffee. Wo war die Tasse nochmal?

„Du hattest sie doch eben noch. HAST DU KAFFEE GETRUNKEN ODER WAR DAS NUR EIN TRAUM?!" Letztendlich war sie im Kühlschrank abgestellt. Warum? Keine Ahnung. Vielleicht dachte mein Gehirn, die Milch hätte Gesellschaft verdient.

Oder wenn ich mit meiner Freundin eine dieser WhatsApp-Sprachnachrichten führe, die nicht nur eine Nachricht, sondern ein ganzer Lebensabschnitt sind. Morgens fang ich an mit: „Also, das wollte ich dir noch erzählen…" Dann kommt der Hund, das Telefon, das Leben – und acht Nachrichten später bin ich irgendwo bei: „Und wie hieß dieses Dings… ach, ich hab's gleich… das Wort liegt mir auf der Zunge…" Stille. Schnaufen. „Naja, wenn's mir wieder einfällt, dann schreib ich's dir bei WhatsApp." (Tu ich nie. Spoiler.)

Das ist mein Alltag. Zwischen Wortlücken und Weltretter-Momenten. Zwischen einem Gedanken und „Mist, der ist jetzt in der Waschmaschine." Und dann sind da noch diese Hörfehler-Momente. Wenn ich etwas höre, was niemand gesagt hat – und plötzlich bin ich mitten in einem Satz, den ich nie hätte sagen sollen, weil: alle gucken komisch. Neulich meinte jemand: „Ich geh noch tanken" – und ich antworte völlig überzeugt: „Oh, ja! Ich liebe Torten mit Zimt." Stille. Blickkontakt. Lachen. Und ich nur so: „Also… vielleicht sollte ich meiner Oma ein Hörgerät klauen. Sie hat ja zwei."

Das Leben ist eine Dauer-Sprachnachricht ohne Pause-Taste. Voller Stolperworte, Lachanfälle und: „Was wollte ich eigentlich…?" Und genau so muss es sein. Auch wenn mein Körper sein eigenes Drehbuch schreibt. Auch wenn ich nicht weiß, ob's eine Komödie, ein Drama oder eine Serie mit sieben Staffeln wird. Punkt.

Eigentlich… bin ich ganz zufrieden mit meiner Hauptrolle.

Kapitel 12 – Ich wollte nur Milch holen

Es sollte nur Milch sein. Kein Drama. Kein Abenteuer oder Seelenstriptease an der Käsetheke. Nur Milch.

Ab in den Supermarkt, zielstrebig, fast schon funktional. Denk an nichts, außer: „Nicht wieder die falsche mitnehmen." Weil mein Mann meint, H-Milch sei „wie flüssiges Plastik". Ich meine ja, er übertreibt. Aber seitdem stelle ich die Packung immer mit einem leichten Anflug von schlechtem Gewissen ins Regal zurück.

Erste Ablenkung: Der Aufsteller mit Sonderangeboten. Kekse. Pfotenform. Die Hunde brauchen das bestimmt. Also… sie brauchen es nicht. Aber ich will ihnen was mitbringen. Und die lächeln so komisch auf der Packung. Ich lächle zurück. Ja, ich rede mit Verpackungen. Weiter.

Zweite Ablenkung: Die Gemüsetheke und die Frage: „Warum gibt es fünf Sorten Paprika – und warum sehen alle traurig aus?" Sie liegen da, in diesen kleinen Plastiksärgen, und starren mich an wie Bewerber auf eine Stelle, für die sie zu bunt sind.

Ich schüttle mich. Zurück zur Mission. Einmal tief durchatmen. (Riecht nach Desinfektionsmittel und Melone. Wer denkt sich sowas aus?) Ich schiebe meinen Wagen in Richtung Kühlabteilung, streife an Tiefkühlpizzen vorbei, überlege kurz, ob ich doch noch Spinat mitnehmen soll. Oder lieber Eis. Eis heilt. Und dann stehe ich vor dem Regal – und weiß nicht mehr, warum ich da bin.

So starre ich auf Joghurt. Drehe mich nach links, dann wieder nach rechts. Milch! Ich wollte Milch!

Drehe mich schwungvoll um – und da steht sie. Eine alte Dame, zart, fast durchsichtig, mit einem Einkaufswagen so groß wie ihr halbes Wohnzimmer. Sie lächelt mich an. Dieses Lächeln, das von innen kommt. Und sagt: „Sie erinnern mich an meine Enkelin. Die hat auch so einen Blick. So… durchlässig."

Ich lächle zurück, spüre plötzlich was im Brustkorb. Kein Schmerz. Eher Weichheit. So ein Gefühl, das irgendwo zwischen Herz und Augenwinkeln wohnt und beim Atmen leise mitschwingt.

Wollte ich nicht nur Milch holen? Und finde stattdessen einen Satz, der den ganzen Tag verändert. Immer noch lächelnd stehe ich an der Kasse. Zwischen Kaugummis, Hundekeksen und – ganz ehrlich – doch wieder der falschen Milch. Ich habe sie eingepackt, obwohl ich es besser wusste. Weil ich heute einfach alles so lassen wollte, wie es kam.

Und dann gibt's noch diese Obst-und-Brot-

Tüten-Momente. Vor dem Regal. Links Bananen. Rechts Brötchen. Und irgendwo dazwischen müssten sie sein: die verdammten Tüten. Ich such. Fass an jede Ecke. Geh zurück. Vor. Dreh mich. Nichts. Sogar mit Brille. Also nicht so halb, nicht „ich brauch die eigentlich nur zum Lesen", sondern richtig Brille. Und trotzdem… seh ich die Tüten nicht.

Ich frag, taste, dreh mich im Kreis wie ein verwirrter Pfau beim Aldi. Und dann kommt jemand – greift zack nach vorn – da ist sie. Die Tüte. Als hätte sie sich nur vor mir versteckt.So ein bisschen fühl ich mich wie ein falsches Rätsel in einer sehr schlechten Gameshow: „Sie haben alles – außer den entscheidenden Hinweis."

Vielleicht sind das die wahren Prüfungen des Lebens. Nicht große Entscheidungen. Sondern: Wo sind die Tüten? Und wie reagierst du, wenn du sie nicht findest?

Vielleicht auch: Wie bleibst du bei dir, wenn alles so laut ist?

Es war eigentlich nur ein Einkauf.
Aber einer, der geblieben ist.

Kapitel 13 – Der Rückweg ist mein Weg

Nennen wir es mal ein ganz persönliches Ritual: Ich setz mich hin – und steh wieder auf. Fünfmal. Mindestens. Die Tasse fehlt. Der Löffel. Das Buch. Der Ast. Das was-weiß-ich-was-ich-wollte. Ein einmaliges Kommen aus der Küche? Illusion. Ein Ziel, das nie erreicht wird. Wie eine Schnitzeljagd ohne Schatz. Meine Hunde kennen das. Sie beobachten mich. Mit diesem Blick: „Aha. Sie hat wieder was vergessen." Und ich schwöre, sie geiern innerlich. So ein ganz leichtes, unsichtbares Augenrollen. Vielleicht gibt's sogar ne Strichliste. Aber hey. Bewegung ist gesund. Und Chaos? Mein Markenzeichen. Und während ich so meine Vergessensrunden drehe – läuft im Wohnzimmer Fußball. Mein Mann ist draußen. „Mal eben rauchen." Mal eben heißt: 15 Minuten Training in

Sitzmeditation mit Zigarette. Ich sitz auf der Couch. Schaue auf den Bildschirm. Fußball läuft und denke: „Komm, ich schalte um. Er ist ja draußen." Drücke die Taste – und zack, in diesem Moment steht er in der Tür. Blick: entsetzt. Körpersprache: leicht dramatisch. „DU HAST UMGESCHALTET?!" Ich lache. Er lacht. Die Hunde seufzen. Und das Leben läuft weiter. Mal auf diesem Kanal, mal auf einem anderen. Punkt. Eigentlich… GENIT.

Und immer, wenn ich denke: Jetzt hab ich alles – fehlt doch noch was. Die Socke, der Gedanke, die Frage, die ich mir vor zehn Minuten selbst gestellt habe und deren Antwort mir entglitten ist wie eine nasse Seife. Ich irre zurück in die Küche. Bleibe auf halbem Weg stehen. Warum bin ich nochmal... ach ja, der Tee. Oder war's doch das Notizbuch? Manchmal frage ich mich, ob mein Kopf heimlich Bingo spielt und jedes Mal einen anderen Gedanken zieht.

Das ist gar kein Ritual – das ist mein Rückweg. Mein gelebtes Hin und Her. Der

Loop, in dem nicht nur Schritte sind,
sondern ganze Geschichten. Denn auf dem
Rückweg fällt mir meist ein, was ich beim
ersten Mal nicht gesehen habe. Der Zettel
auf dem Tisch. Der Satz im Kopf. Der
Moment, der sich wieder reinschleicht, weil
er nicht fertig war.

Es könnte sein, dass es gar kein Vergessen
ist. Es ist mein Weg zurück zu mir. Immer
wieder.

Kapitel 14 – Ahnichdu & Tutuma

Manche Geschichten beginnen mit einem Kuss. Unsere mit dem richtigen Leben.

Ich saß auf der Couch. Einfach so. Mein Mann kam vorbei, kitzelte mich ganz plötzlich – und ich, überrumpelt und halb genervt, rief aus dem Affekt heraus: „Ah, nich du!"
Er blieb stehen, grinste und sagte: „Na danke."
Ich grinste zurück.
Und da war er geboren: Ahnichdu. Der, der ständig kommentiert. Der, der schon vor dem ersten Kaffee sagt: „Nee, lass mal. Wird heute nix." Ein leiser Meckerer mit Schlips und Stirnrunzeln – aber irgendwie liebenswert. Weil er halt dazugehört. Einer, der am liebsten auf dem Sofa bleibt, wenn alle schon draußen stehen. Der aus Prinzip erst mal dagegen ist – und es dann später doch irgendwie okay findet.

Ein paar Tage später. Ich saß am Tisch, brauchte etwas, wollte aber nicht selbst aufstehen. Und rief quer durchs Wohnzimmer: „Tutuma!"
Mein Mann drehte sich um: „Wie bitte?!"
Ich: „Na, du halt. Gib mir mal bitte die das Heft rüber!"
Und wir lachten. Es war so ein Moment, der aus Versehen echt wird – aus einem Wort, das rauspurzelt wie ein zu großer Keks aus der Packung.

So kam Tutuma zu uns – der Macher. Der, der anschiebt, auch wenn's hakt. Der, der sagt: „Komm, mach halt!" Nicht subtil. Nicht diplomatisch. Aber effektiv. Und mit einem unsichtbaren Werkzeugkoffer in der Hand, selbst wenn es nur um den Müll geht. Manchmal geht er mir auf die Nerven, dieser Tutuma. Weil er keine Ruhe kennt. Aber wenn ich feststecke, ist er der Erste, der anklopft – mit Tempo 180.

Seitdem sind sie da. Beide. Ahnichdu und Tutuma. Zwei Stimmen, zwei Typen, zwei

Kräfte, die sich abwechseln in meinem
Kopf. Der eine bremst, der andere pusht.
Der eine zweifelt, der andere entscheidet.
Und mittendrin, ich mit Kaffee in der Hand
und denke: Willkommen in meinem inneren
Teammeeting. Manchmal streiten sie sich.
Laut. Manchmal tuscheln sie nur. Und
manchmal kichern sie, wenn ich nachts um
drei im Bademantel den Müll rausbringe
und dabei einen Monolog über
Lebensentscheidungen halte.

Aus Spaß wurden Namen.
Aus Namen wurden Running Gags.
Und irgendwann… wurde ein Spiel draus.
Im Kegelclub. Wenn jemand rumzickte, hieß
es: „Ahnichdu ist wieder aktiv." Wenn einer
vorschnell vorpreschte: „Tutuma hat wieder
gedrängelt." Es wurde ein Ding. Unser Ding.
Ein Code zwischen uns, eine geheime
Sprache, ein kleines Lachen im Alltag.

Und noch mehr: Mein Mann – der, der
eigentlich kein Schreiber ist – begann vor
Jahren mal ein Buch zu schreiben.
Ahnichdu und Tutuma kamen darin vor. Sie

hatten Rollen, Charaktere, Szenen. Ich weiß noch, wie wir darüber gesprochen haben, wie die beiden sich im Buch begegnen. Wie Ahnichdu versuchte, sich rauszureden, während Tutuma schon den Plan für die nächsten zehn Seiten hatte. Es hätte etwas werden können – wenn er es zu Ende geschrieben hätte. Aber das Leben kam dazwischen. Wie so oft. Ein Umzug. Ein Jobwechsel. Ein Alltag, der zu laut war, um weiterzuschreiben.

Jetzt sind die beiden hier gelandet. In meinem Buch. In meiner Geschichte. Weil sie dazugehören. Weil sie aus dem echten Leben kommen. Weil sie zeigen, dass Worte nicht geplant werden müssen, um zu bleiben. Sie entstehen aus dem Moment. Aus einem Kitzelversuch auf der Couch. Aus einem Lacher am Küchentisch. Aus einem Wort, das nie hätte Bedeutung bekommen sollen – und dann plötzlich alles sagt.

Ahnichdu flüstert oft: „Das wird doch nix."
Tutuma brüllt dann: „Doch. Und zwar jetzt!"

Ich höre beiden zu.
Und mache trotzdem mein eigenes Ding.

Es sind genau diese absurden, echten,
spontanen Ideen, aus denen Geschichten
entstehen.
Und manchmal reicht ein Sofa, ein Satz und
ein bisschen Momentmagie, um daraus
etwas zu machen, das bleibt.

Kapitel 15 – Oma weiß Bescheid (auch wenn sie es kurz vergisst)

Meine Oma ist 92.
Und kopfmäßig fitter als viele mit 60. Sie weiß, was läuft, wer was wann gesagt hat – und lässt sich garantiert nichts erzählen. Wenn ein Arzt versucht, sie mit Standardphrasen abzuspeisen, reagiert sie mit einem Blick, der sagt: Junge, ich bin länger auf der Welt als du in der Praxis.

Und trotzdem sagt sie oft am Telefon: „Ach, ich vergesse so viel in letzter Zeit."
Schon mit 86 hat sie das gesagt.
Und ich, 40 Jahre jünger, antworte: „Was soll ich denn sagen? Ich vergesse doch auch schon alles."
Dann lachen wir. Und das ist der Punkt: Wir wissen beide, dass das Leben nicht vom Erinnern lebt, sondern vom Dranbleiben.

Wenn wir telefonieren, läuft die Uhr nicht

mit. Unter einer Stunde geht gar nichts. Da wird erzählt, gefragt, analysiert, gelacht – manchmal auch geschimpft. Und immer wieder sagt sie Dinge, die hängen bleiben. Keine Lebensweisheiten mit Schleifchen dran. Sondern klare Sätze.

Zum Beispiel: „Solange du fühlst, bist du richtig."

So ein Satz kommt einfach so. Kein Drama, keine Ankündigung. Einfach mitten rein. Und sitzt.

Früher dachte ich, man müsste sich alles merken. Weil vergessen Schwäche bedeutet. Es ist aber normal, ab einem gewissen Alter zu vergessen. Nicht alles, aber es macht auch Platz für Neues. Und manchmal sind genau die, die sich angeblich an nichts erinnern, die, die dich am besten sehen.

Sie vergisst Namen. Orte. Uhrzeiten.
Aber nichts wichtiges.
Nie mich.

Wenn ich aufhöre zu erzählen, wird sie

manchmal still. Nicht abwesend – eher sortierend. Und dann kommen diese glasklaren Gedanken, so unverstellt, dass ich nur nicken kann.

Man könnte meinen, sie hat ein inneres Archiv, das nur langsam öffnet. Aber wenn es aufgeht, dann richtig.

Und wenn ich gehe, winkt sie. Immer ein bisschen zu früh. Und ein bisschen zu lang. Aber sie winkt.

Und ich weiß: Sie ist da. Vielleicht nicht mehr überall, aber genau dort, wo es zählt.

Sie weiß genau, was sie tut. Wann sie ihre Medikamente nimmt, was sie darf, was nicht – und was sie trotzdem macht. Manchmal reden wir lange über Zipperlein, Arztbesuche und den ganzen Mist, der so mitkommt mit dem Alter. Bringt die Zeit eben mit sich.

Aber dann sagt sie wieder was, das alles andere überstrahlt.

Sie ist schon ziemlich cool, muss ich sagen. Ziemlich cool.

Eigentlich… wollte ich nur mit ihr telefonieren. Und lande jedes Mal in einem Kapitel fürs Leben.

Kapitel 16 – Ich habe keine Zeit, mir das Leben schwer zu machen

Manche Leute suchen Probleme wie andere Leute Sonderangebote. Als gäbe es für jedes gute Gefühl eine Steuer. Und je schlechter man sich fühlt, desto mehr Punkte gibt's bei der Selbstmitleid-Olympiade. Ganz ehrlich: Ich hab gar keine Zeit, mir das Leben schwer zu machen. Dafür bin ich zu beschäftigt damit, das Beste draus zu machen. Da ist keine Energie mehr übrig für Drama, für Gedankenschleifen oder Leute, die sich über das Wetter aufregen, obwohl sie nie rausgehen.Wir haben drei Hunde, ein Leben mit Kaffeeflecken auf dem Shirt und mehr Aufgaben als Hände – da bleibt nicht mal Platz für künstlichen Stress. Und Langeweile? Ich schwör: Man müsste acht Stunden am Stück stillsitzen, bevor mein Kopf überhaupt auf die Idee käme, sich selbst die Nerven zu zerschreddern. Und selbst dann würde wahrscheinlich innerlich das Sortieren der Einkaufszettel von 2008 losgehen oder ich mich fragen, warum Wäscheklammern immer verschwinden. Oder ob sie zusammen mit den einzelnen Socken eine neue Welt gegründet haben, irgendwo hinterm Trockner. Demnach wird nach dem Motto gelebt: Wenn dir das Leben Zitronen gibt, bau ein Stand-Up-Programm draus. Oder einen Kuchen. Oder ein Kapitel. Hauptsache, du tust was damit. Neulich beim Einkaufen. Die Frau vor mir regt sich lautstark auf, weil keine zweite Kasse aufgemacht wird. Der Mann hinter ihr, dreht sich zu mir um. Wir grinsen nur während ich zu ihm sage: "Wir sind doch nicht auf der Flucht." Denk mir nur: Die Kassiererin gibt ihr Bestes, und wenn's nicht schneller geht, geht's nicht schneller. Die Verkäufer sind nicht da, um jemanden zu ärgern. Wenn das dein größtes Problem ist, dann hätt ich gern dein Leben. Für einen Nachmittag. Mit viel Kaffee." Meine Gedanken spinnen weiter: Wir haben drei quirlige Hunde zu Hause, bin mit dem falschen Einkaufszettel losgefahren, hab meine Brille auf der Nase und sehe trotzdem nichts. Und mecker ich? Nö! Weil ich weiß: Das ist das Leben. Und wir sind doch mittendrin. Nicht perfekt. Aber dabei. Hab auch keine Zeit mehr, mich stundenlang zu fragen, ob ich genug bin, ob ich das richtig mache, ob ich hätte anders reagieren müssen. Weißt du, wie viel Lebenszeit da draufgeht? Ich hab beschlossen, dass ich lieber lebe, als mich zu zerdenken. Dass ich lieber Pläne verwerfe als mich selbst. Lieber fünfmal am Tag die Kaffeemaschine neu erklären, als mich ein sechstes Mal selbst zu verurteilen. Die kleinen Momente sind oft die wichtigsten. Der Blick von Skadi, wenn ich traurig bin. Die stille Geste von meinem Mann, wenn Worte fehlen. Der Geruch von Toast um sieben Uhr morgens, der einfach sagt: „Da bist du. Und das ist GENIT.

Kapitel 17 – Tatort, PlayStation & das Erwachsenwerden wider Willen

Früher haben wir gesagt: „Tatort? Nee, sooo alt sind wir noch nicht." Tatort war das Synonym für Sonntagabende mit Wolldecke, für eingeschlafene Füße und Gesprächen über Obduktionsergebnisse. Für Leute, die um 20:15 Uhr pünktlich vorm Fernseher saßen. Mit Heißgetränk und Sofaplan. Wir wollten das nicht. Wir wollten alles, nur nicht das. Unsere Sonntagabende sahen anders aus.

Freitags oder samstags saßen wir auf der Couch oder davor. Mit Knabberzeug, Cola, PlayStation-Controller in der Hand, und einer Mission: Die Welt retten. Und zwar nicht irgendwann. Jetzt. Ob Zombies, Außerirdische oder Lego-Figuren. Wir waren ein Team. Er immer voll fokussiert.

Ich eher: „Warte, wo bin ich? Oh nein, ich bin tot!" Er: „Du bist doch Heilerin. HEIL MICH!!!" So zogen wir dann in digitale Schlachten. Und lachten dabei Tränen. Manchmal über das Spiel. Manchmal über uns.

Ganz plötzlich... schlich sich das Leben rein. Still und heimlich. Mit Alltag. Mit Arbeit. Mit Müdigkeit. Irgendwann war da der Moment, wo wir nicht mehr über Tatort lachten – sondern plötzlich fragten: „Welcher läuft heute?" Und weißt du was? Der war gut. Witzig sogar. Und wir saßen da – mit Tee statt Cola. Mit Decke statt Controller. Und dachten nicht: „Was ist aus uns geworden?" Sondern: „Schön, dass wir noch da sind." Erwachsenwerden ist kein Knall. Es ist ein Leises. Ein Hineingleiten. Zwischen dem Level 9 auf der Konsole und dem Satz: „Guckst du Tatort oder sollen wir umschalten?"

Und wenn wir die alte Konsole rauskramen, den verstaubten Controller anschließen und das Spiel lädt – dann blitzt er kurz auf, dieser Moment von damals. Wir gucken uns an. Grinsen. Und sagen gleichzeitig: „Ich heil dich – bleib einfach am Leben!"

Dann gab es da diese andere Perspektive.
Damals – als unsere Tochter noch Teenager war.
Ihre Freunde und Freundinnen kamen zu Besuch.
Und irgendwann fiel dieser Satz: „Du hast voll die coolen Eltern."
Es entstand echt Rührung in mir. Als sie mir davon erzählte.
Weil: Ich Ende 30, Anfang 40, er naja… rechne selbst.
Wir waren nicht wie die anderen. Nie gewesen. Und anscheinend – damals schon nicht.

Oder dieser Moment, wo er ganz beiläufig erwähnt, dass er als Kind noch mit Bonanza-Rädern durch die Nachbarschaft gekurvt ist.
Mit hochgestelltem Lenker und Wackelsitz.
Der Blick geht zu ihm, und in meinem Kopf rattert es kurz: „Na, wenn das keine 60er

Jahre sind…"
Aber ich sag nichts.
Weil: Raten macht mehr Spaß. Und weil ich
weiß, dass echte Coolness keine
Jahreszahl braucht.

Das könnte das Geheimnis sein:
Nicht jung bleiben.
Sondern sich nicht dabei ertappen lassen,
wenn man langsam wechselt – vom Level 9
zur Heizflasche.
Er aber total cool bleibt.
Irgendwann in solchen Momenten, erwähnt
er ganz beiläufig, dass er als Kind noch mit
Bonanza-Rädern durch die Nachbarschaft
gekurvt ist. Mit hochgestelltem Lenker und
Wackelsitz. Dann guck ich ihn an, und in
meinem Kopf rattert es kurz: „Na, wenn das
keine 60er Jahre sind…" Aber ich sag
nichts. Weil: Raten macht mehr Spaß. Und
weil ich weiß, dass echte Coolness keine
Jahreszahl braucht. Vielleicht ist das das
Geheimnis: Nicht jung bleiben. Sondern
sich nicht dabei ertappen lassen, wenn man
langsam wechselt – vom Level 9 zur

Heizflasche. Und dabei ein bisschen heldenhaft bleibt. Mit Keks. Und Konsole.

Kapitel 18 – Bruce Willis küsst Drama-Queen

Es ist nicht so, dass wir nicht zusammenpassen. Im Gegenteil. Wir passen gerade deshalb so gut zusammen, weil wir so herrlich verschieden sind. Er ist aus einem anderen Material gemacht als ich. So fühlt es sich an. Nicht unbedingt härter, aber stabiler. Wie ein Fels. Oder Bruce Willis. Nur mit weniger Explosionen und mehr Werkzeugkasten.

Oft beobachte ich ihn, wenn er frühmorgens aufsteht. Sein Rhythmus ist klar, zielgerichtet, fast schon elegant in seiner Selbstverständlichkeit. Kein Stöhnen, kein Zögern, kein „Ich muss mich erstmal sortieren". Er steht auf und funktioniert. Nicht kühl nur eben kraftvoll. Er nennt es normal. Ich nenne das: Unkaputtbar.

Dagegen habe ich eine ganz andere
Dramaturgie im Leben. Nicht gespielt – nur
eben… ausführlich. Erstmal brauche ich
Zeit. Für den ersten Schluck Kaffee. Für
das Nachdenken, ob ich überhaupt schon
aufstehen will. Und wenn ich's dann tue,
passiert es nicht selten, dass ich auf dem
Weg zurück ins Wohnzimmer fünfmal
umkehre, weil ich etwas vergessen habe.
Den Löffel. Die Tasse. Oder den Grund,
warum ich überhaupt aufgestanden bin.

Wenn ich ihn frage, wie es ihm geht, zuckt
er mit den Schultern: „Wie immer." Wenn er
mich fragt, atme ich tief durch – und erzähle
eine Geschichte. Keine Kurzversion. Kein
„gut, danke". Sondern mit Nebensträngen,
Einordnungen und einem Klammeraffen an
Gefühl. Unsere Körper sprechen zwei
Sprachen. Er spricht: Effizienz. Ich spreche:
Körpersprache mit Untertiteln.

Wenn ich über einen abgebrochenen
Fingernagel klage, lacht er nicht. Er
schmunzelt. Und dann bringt er mir ein

Pflaster. Nicht, weil es nötig wäre, sondern weil ich es bin, und er weiß, dass Fürsorge manchmal in Pflasterform kommt. Oder in einer Wärmflasche. Oder in einem einfachen: „Ich liebe dich", mitten in der Küche, zwischen Wäscheberg und Kaffeemaschine.

Und trotzdem – oder gerade deshalb – sind wir ein gutes Team. Er geht mit den Hunden raus, zieht seine Kreise im Wald, lässt sie schnüffeln, toben, laufen. Ich gehe mit – manchmal. Manchmal auch nicht. Weil mein Rücken streikt oder der Kopf wieder Theater spielt. Oder einfach, weil ich mich nicht so unkaputtbar fühle wie der Mann, der mühelos durch nasses Laub stapft, während ich drei Tage später noch Muskelkater in den Wimpern habe. Da hängt sogar ein T- Shirt mit der Aufschrift "Wimperndepression" in im Schrank. Aber das ist eine andere Geschichte.

Ies soll Menschen geben, die morgens aus dem Bett springen. Es ist eher ein Fallen. Mit Stil, aber trotzdem. Und während er längst angezogen, unterwegs, im Rhythmus ist, sitze ich manchmal noch im Bademantel und diskutiere innerlich mit mir selbst, ob ich heute schon denken will oder nicht. Und trotzdem liebt er mich. Nicht trotz meines Chaos – sondern mitten darin. Mitten im Wirrwarr. Mitten im „Was wollte ich gerade?". Mitten im Kaffee, der kalt geworden ist, weil ich zehn Gedanken gleichzeitig hatte.

Das könnte genau das sein, was Liebe ist... Wenn Bruce Willis einer Drama-Queen nicht sagt, dass sie übertreibt – sondern sich einfach zu ihr setzt. Ohne Worte. Mit einem Kaffee. Und einer Hand auf dem Bein. Kein Drama. Kein Kitsch. Nur dieses stille „Ich bin da".

GENIT.

Kapitel 19 – Mein Körper ist kein Tempel – Eher ein abenteuerliches Baumhaus

Früher trug ich Größe 38. Nicht weil ich es drauf angelegt hab. Das war einfach so. In diesem Körper, der mir nicht groß auffiel. Er war da, funktionierte, trug mich durch den Tag, war weder Feind noch Freund. Eher sowas wie ein zuverlässiger Beifahrer. Und dann, irgendwann wurde ich geweitet und wuchs. Nicht im Bewusstsein. Nicht im Horizont. Sondern in der Hüfte. Von 38 nach 40. Dann 42 bis... Und plötzlich stand ich da, mit einer Jeans in der Hand, auf der das Etikett flüsterte: „Nimm lieber eine Nummer größer oder zwei...Du wirst dich wohler fühlen."

Geändert hab ich nichts. Nicht mehr gegessen. Nicht weniger Sport gemacht. (Okay, auch nicht mehr). Ich hab einfach…

gelebt. Mein Leben gelebt. Mit Höhen und Tiefen. Mit Kaffeepausen und so. Und mein Körper hat entschieden, dass er jetzt mehr Raum braucht. Für all das. Für mich.

Für das, was ich geworden bin. Typisch Frau, denk ich manchmal. Wir ändern uns. Und keiner warnt uns vorher. Unser Körper ist wie ein Lebensbuch und irgendwann schreibt er eben mit.

Ach diese Erinnerung an die Zeit, als ich regelmäßig trainiert habe. Nicht so „Naja, ab und zu mal aufs Rad". Nein – richtig. Drei bis vier Mal pro Woche. Jahrelang. Ich war fit. Stark. Hab geschwitzt, geflucht, geatmet. Eine Stunde Ausdauer. Eine Stunde Kraft. Und weißt du, was die Leute gesagt haben? „Warum trainierst du so viel? Du siehst doch toll aus." Ich hab nichts gesagt. Nur gelächelt. Weil ich wusste: Ich mach das nicht fürs Gesehenwerden. Ich mach das, weil ich's kann. Weil es sich gut anfühlt, wenn man Muskeln definiert und spürt, die man vorher nur vom Hörensagen kannte. Weil ich meinem Körper zeigen wollte: Ich bin da. Und kümmere mich. Wir sind ein Team.

Und dann, irgendwann kam das Leben. Anders. Schwerer. Voller anderer Prioritäten. Izack kam das Stopp. Nicht abrupt. Aber schleichend. Und was sagen die Leute? „Du hast aber zugenommen." Wenn du dich bewegst, fragt man, wofür. Wenn du dich nicht mehr bewegst, sagt man, was fehlt. Willkommen im Körperkino. Popcorn gibt's keins. Nur Meinungen. Ratschläge. Und diese unterschwellige Erwartung, immer irgendwie zu funktionieren. Immer zu passen. In Kleidung. In Konzepte. In andere Köpfe.

Das war der Moment, in dem ich beschlossen habe, dass ich nicht mehr auf Stimmen höre, die meinen Körper kommentieren, ohne ihn zu tragen. Ich trag ihn. Jeden Tag. Seine Wehwehchen. Seine Narben, als auch Geschichten. Ich trage ihn durch den Alltag, durch die Nächte, durch alle verdammten „Puh, das war knapp"-Momente, die nur ich kenne.

Und dann war da dieser Moment. Still.
Ohne großes Drama. Ein Satz, der nicht
laut ausgesprochen wurde, aber tief drin
hallte: Mein Körper ist kaputt. Nicht im
Ganzen. Aber an manchen Stellen. Ein
Gelenk. Ein Nerv. Ein Rhythmus, der
plötzlich nicht mehr meiner war. Nicht
sichtbar vielleicht. Aber spürbar. In jeder
Bewegung, die früher leicht war und heute
Verhandlungssache ist. In jedem Schritt,
der früher einfach nur gemacht wurde und
heute bewusst sein will.

Und trotzdem: Tadaaa, bin ich noch hier.
Mit Atmung. Dem Lachen. Und naja nennen
wir es mal Laufen Irgendwie und manchmal.
Fliegen kann ich auch. Meistens aber nach
unten. Erdanziehung lässt grüßen. Aber ich
stehe wieder auf. Mein Körper ist nicht mehr
der, der er war. Aber er gehört immer noch
mir. Und ich liebe ihn nicht für seine
Leistung, sondern weil er mich nicht
verlassen hat, auch wenn ich dachte, ich
verliere ihn. Ich liebe ihn, weil er mich trägt,
obwohl ich oft schwer zu tragen bin. Also

emotional, gedanklich, hormonell.

Und manchmal, wenn ich uns beide anschaue, früher noch recht ebenbürtig in Größe und Form, da muss ich innerlich schmunzeln. Denn: Normalerweise kriegen Männer ja irgendwann so einen Bauch. Einen, der über dem Gürtel hängt und sich in die T-Shirts schleicht. Einen, den man zärtlich „Wohlstand" nennt, während wir Frauen uns selbst dafür verurteilen würden. Aber mein Mann? Der hat's einfach nicht gemacht. Der hat sich verweigert. Der hat seine Form behalten.

So erlaube ich mir, dass ich heute die Dickere von uns beiden bin. Nicht ganz freiwillig, aber das ist okay. Weil ich weiß: Er liebt mich nicht für die Etiketten in meinen Hosen, sondern für die Geschichten, die ich beim Ausziehen erzähle. Für mein Lachen, wenn ich mich beim Sockenanziehen verrenke. Für mein Grummeln, wenn die BHs wieder zwicken. Für mein „Egal, ich geh trotzdem raus".

Genau das ist der Trick: Nicht dünn bleiben.
Sondern spürbar. Und ein bisschen weich
zum Anlehnen. Denn mein Körper ist kein
Tempel. Kein perfekter Ort, an dem alles
stimmt. Er ist ein abenteuerliches
Baumhaus. Mit Ecken, mit Ritzen, mit
knarrenden Dielen. Aber er gehört mir. Und
ich wohne gern darin.

Kapitel 20 – Zwei Seelen und ein Keks

Abends oder sonntags sitzen wir einfach nur da. Er an seinem Platz, ich an meinem. Der Fernseher läuft, aber keiner hört so richtig zu. Die Hunde liegen verstreut wie kleine Inseln auf dem Sofa, der Abend duftet nach Kerze, Kaffee und dieser wohltuenden Stille, die nur zwischen zwei Menschen entstehen kann, die sich nicht mehr beweisen müssen. Wir sagen nichts. Oder doch.

Es kommt auch vor, dass ich an etwas denke.
An eine Idee, ein Gedanke, ein Gefühl.
Noch bevor ich ansetzen kann, spricht er es aus. Nicht exakt so, wie gedacht. Aber nah genug, dass ich kurz innehalte, ihn anschaue – und da ist dieser Blick zwischen

uns: "Wieder passiert."

Es ist kein Wunder. Aber auch kein Zufall. Es ist einfach: Wir. Nach 27 Jahren kennen wir die Tonlage des anderen, das Tempo, das Zögern vor dem Satz, das Stirnrunzeln vor dem Lachen. Wir denken oft gleich, nicht weil wir uns kopiert haben, sondern weil wir irgendwann auf dieselbe Frequenz gerutscht sind. Nicht mit Absicht – es ist einfach passiert. So wie man irgendwann denselben Rhythmus atmet, ohne es zu merken. Und irgendwann weiß man, welcher Blick was bedeutet. Ohne Worte. Einfach so. Weil da jemand ist, der bleibt, wenn andere schon gegangen wären.

Letzte Woche saßen wir auf der Terrasse. Es war dieser typische Dienstagabend, wo man denkt, man müsste irgendetwas tun – aber tut es nicht. Ich nahm den letzten Keks aus der Schale, schaute ihn an, und fragte: „Willst du den?" Er antwortete nicht. Er grinste nur, nahm mir den Keks aus der Hand, brach ihn in zwei Hälften und legte mir seine Hälfte wortlos auf die Serviette.

Ich sagte: „Das ist Liebe." Er sagte: „Nein.
Das ist Teamwork." Und dann aßen wir ihn
gemeinsam – den Keks, der aus zwei
Hälften bestand, aber irgendwie trotzdem
noch ganz war.

Vielleicht ist genau das das Geheimnis:
Nicht perfekt zu sein. Sondern kompatibel
im Chaos. Nicht jedes Wort zu sagen.
Sondern einfach gemeinsam zu schweigen.
Und wenn's sein muss, sogar einen Keks
zu teilen, obwohl man beide Hälften
verdient hätte. Und wenn ich ihn frage,
woher er weiß, was ich denke, sagt er: „Na,
irgendwo da drin wohne ich doch auch."
und tippt mir auf die Stirn. Ich tippe zurück
auf seine Brust. „Und ich wohne da. Mit
Balkon."

Oft frage ich mich, wie viele solcher Abende
noch kommen. Nicht aus Zweifel – sondern
aus dem Wissen, dass nichts
selbstverständlich ist. Dass dieses „Wir"
auch Arbeit war. Und Mut. Und Rücksicht.
Und diese Momente, in denen man sich
nicht verstanden hat, aber trotzdem nicht

gegangen ist. Wir haben ein gemeinsames Archiv von Blicken, von Sprüchen, von Witzen, die niemand sonst versteht. Von Abenden, an denen wir zu müde zum Reden, aber nie zu müde zum Miteinandersein waren.

Wenn ich nachts wachliege, höre ich seinen Atem. Mittlerweile öfter sein Schnarchen, aber ich liebs, sonst wäre es zu still. Dann greife ich nach seiner Hand ganz vorsichtig, weil ich weiß, dass er leicht aufwacht. Er drückt kurz zu. Sagt nichts. Muss er auch nicht.

Denn zwei Seelen, das reicht manchmal vollkommen aus.

GENIT.

Kapitel21 – Der unromantischste Antrag

Man könnte denken, wir hätten uns einen dieser kitschigen, herzklopfenden Anträge gemacht. Mit Kniefall, Ring, Sonnenuntergang, Streichquartett. So romantisch wie wir sind. Oder... naja... wie ich bin. Er ist da ja eher wie Spock. Rein logisch und rational denkend. Es war 2010. Wir saßen auf unserem Balkon. Jeder mit einem Buch in der Hand. Nicht nebeneinander, sondern zusammen. Zwei Bücher, zwei Körper, ein Tisch dazwischen und eine Stille, die reichte. Und plötzlich, ohne wirklich zu denken, sagte ich: „Warum heiraten wir nicht?" Wir hatten beide eine Ehe hinter uns. Eigentlich war das Thema durch. Abgehakt. Next Chapter. Er blätterte um. Schaute nicht mal hoch. Sagte einfach: „Okay." Ich blinzelte. Schaute ihn an. „Echt jetzt?" Er: „Ja. Lass uns heiraten." Ich:

„Okay." Er: „Mach einen Termin." Ich: „Okay." Das war unser Antrag. Zwei Bücher, ein Balkon und ein leises Okay, das alles veränderte. Natürlich heirateten wir standesamtlich. Keine Pferdekutsche. Kein rosa Tüll. Kein Drama. Nur wir. Und....naja Fußball. Unsere Hochzeitsfeier fiel genau in die WM-Zeit. Ein Mittwoch. Früher war das immer Oma-Tag, als meine Tochter noch klein war. Passte also perfekt. Wir feierten im Kleingarten meiner Eltern. Kleine Runde, 13 bis 15 Leute, nur die, die uns wirklich wichtig waren. Und weil an diesem Abend Deutschland gegen Ghana spielte, machten wir daraus unsere WM-Hochzeit. Mit Beamer. Leinwand. WM-Trikots statt Hochzeitskleid. Bratwurst statt Buffet. Jubel statt Sektreden. Und ja, Deutschland gewann 1:0. Seitdem ist das unsere Antwort auf die Frage: „Wann habt ihr geheiratet?" „Deutschland – Ghana, 1:0." Die Blicke der Leute? Unbezahlbar. Er? Er müsste in den Ring gucken. Ich? Ich erinnere mich an jedes Detail. Vor allem an das Gefühl: Es war genau richtig. Manche feiern Märchenhochzeiten. Wir hatten Fußball,

Familie, Fliegengrill. Und wohl das schönste Okay der Welt.

Kapitel 22 – Hart erlachte Falten & andere Lebenslinien

Ich hab Falten. Und ja, ich trage sie mit
Stolz. Sondern trage sie mit Stolz. Die hab
ich mir hart erlacht. Jede einzelne. Lachen
steht für mich an der Tagesordnung.
Eigentlich immer. So sehr, dass Leute sich
Sorgen machen, wenn ich mal nicht lache.
Es wurde gelacht in Warteschlangen, in
Wartezimmern, in Momenten, in denen
andere nur den Kopf geschüttelt haben.
Nicht weil es immer lustig war, sondern weil
es manchmal einfach nötig war.
Meine Falten sind nicht das Ergebnis von
Zeit. Sondern von Leben. Und von dieser
eigensinnigen Freude, die mich nie ganz
verlässt. Selbst wenn alles gerade schwer
ist.

Und da sind noch meine Sommersprossen.
Andere hassen ihre. Verdecken sie. Filtern

sie weg. Tun so, als wären sie ein Makel.
Ich lieb sie. Mein Vater hat immer gesagt:
„Ein Gesicht ohne Sommersprossen ist wie
ein Himmel ohne Sterne." Und ich hab ihm
geglaubt. Weil es stimmte. Weil sie da sind.
Meine Sterne im Gesicht. Manche nur im
Sommer, manche das ganze Jahr. So wie
Gedanken, die bleiben, auch wenn keiner
sie sieht. Ich bin ein Gesicht mit Himmel.
Mit Geschichten.Mit Spuren. Kein
Photoshop, kein Weichzeichner. Nur das
echte Licht, das morgens durchs Fenster
fällt, wenn die Hunde noch schnarchen und
der erste Kaffee auf dem Herd blubbert.

Wenn ich morgens in den Spiegel schaue,
seh ich keine Fehler. Ich seh Erlebtes. Und
manchmal, wenn das Licht richtig steht, seh
ich sogar die Kekskrümel zwischen den
Linien. Dann seh ich mich mit allem, was
war, was ist und noch kommen kann. Und
auch mit dem, was ich nicht mehr sein will.
Früher hab ich mir die Haare geglättet – für
die Welt da draußen.
Hab mich leise gemacht.
Hab versucht, in Schubladen zu passen, die

nicht mal Griffe hatten.

Ja da sind Falten, weil ich das Leben nicht gebügelt habe. Und hab Sommersprossen, weil meine Sterne nicht im Himmel hängen, sondern auf meiner Haut leuchten. Ich würd mir jede davon noch mal verdienen. Mit Absicht. Mit einem Grinsen im Gesicht. Mit Lachanfällen mitten in der Nacht, mit zu viel Schokolade und mit Gesprächen, bei denen man irgendwann nicht mehr weiß, ob man weint oder lacht. Aber genau weiß, dass es echt war.

Und wenn du jetzt denkst, das klingt alles ein bisschen zu poetisch warte, bis du mich morgens im Bademantel siehst. Mit zerzausten Haaren, einer Socke am Fuß, der anderen irgendwo unterm Bett und dem Versuch, gleichzeitig Kaffee zu kochen, den Hund zu streicheln und meine Brille zu suchen. (Tipp: Sie sitzt meist auf meinem Kopf. Wirklich.) Ich bin kein Zen-Guru, sondern ein Chaoswesen mit Herz. Und ja, es gibt Tage, da geht's mir richtig beschissen. So tief unten, dass selbst der

Staub über mir wohnt. Aber selbst da…
kitzelt mich mein Humor in die Rippen und
flüstert: „Los, lach. Kurz reicht schon. Dann
ist's schon nicht mehr ganz so schlimm."

Vielleicht ist das die Superkraft: Nicht das
Glattgebügelte. Sondern das Zerknitterte,
das Echte. Das, was nicht glänzt, aber
wärmt. Ich trag mein Gesicht wie ein
Tagebuch. Offen. Lesbar. Chaotisch
vielleicht. Aber nie unecht.

GENIT.

Kapitel 23 – Die 12 Pfoten der Weisheit

Es war einer dieser Abende, an denen alles ruhig sein sollte. Kerze an, Füße hoch, Kaffee halbvoll, und dann fiel Skadi... mal wieder... von der Couch. Plumps. Kein Schrei. Kein Jaulen. Nur dieses überraschte Gesicht. So wie: „Wer hat mich geschubst?!" Anu hob nicht mal den Kopf. Sie lag unter der Couch. Ihr Stammplatz, wenn's zu wuselig wird. Pepper bellte. Natürlich. Sie bellt immer zuerst und denkt später. Und wir? Wir lachten. Weil das Leben mit zwölf Pfoten selten leise ist.

„Soll ich dir ein Kissen runterwerfen?", fragte ich Skadi, die sich schüttelte wie ein durchnässter Teppich und wieder raufkletterte, als wäre nichts gewesen.

Anu: „Sag mal, wie viele Leben hat sie eigentlich?"

Pepper: „Keine Ahnung. Aber sie benutzt sie alle am selben Tag."

Skadi: „Wollte nur checken, ob der Boden noch da ist."

Ich: „Und? Ist er?"

Skadi: „Jup. Hart wie immer."

Anu: „Hundeweisheit Nummer eins: Wer fällt, kann auch wieder aufstehen. Oder wenigstens auf den Teppich kotzen."

Ich: „Danke für diesen bildhaften Beitrag." Pepper: „Ich hab Hunger."

So beginnt ein ganz normaler Abend. Zwischen Schnarchen, Pfotenscharren, Bällchenholen und: „Nein, das ist mein Kissen, verdammt nochmal!"

Was unsere Hunde uns lehren? Geduld.

Lachen. Und dass man auch mit voller Blase noch eine halbe Stunde vorm Gartenzaun philosophieren kann, weil der Wind gerade so spannend riecht. Und weil ein Geruch von gestern manchmal wichtiger ist als die Uhrzeit von heute. Sie lehren uns, wie wenig Worte man braucht, wenn man einfach da ist. Wie viel Trost in einer Pfote liegt, die sich nachts gegen mein Bein schiebt. Und dass jede Tür, durch die man nicht will, trotzdem interessant riecht und damit eine Option bleibt.

Die zwölf Pfoten der Weisheit:

1. Alles, was du liebst, sabbert irgendwann.

2. Vertrauen ist, wenn du auf jemanden drauftrittst, und er bleibt trotzdem.

3. Schlaf ist heiliger als Ordnung.

4. Wenn jemand traurig ist, leg dich einfach zu ihm.

5. Und: Manchmal braucht es kein Wort. Nur eine kalte Schnauze. Und manchmal, ganz selten, sogar ein beschlunzter Ärmel.

Ach und bevor du jetzt verwirrt die Augenbraue hebst:
Ich weiß: Die Nummern springen.
1 bis 5 dann zack, 16.
Was ist mit 6 bis 15 passiert?

Tja. Vielleicht wurden sie gerade zerbissen. Oder liegen sie unterm Sofa. Es könnte auch sein, dass Skadi sie verschleppt hat,

Pepper drauf gebellt und Anu beschlossen hat, dass das nicht ihr Zirkus ist. Oder sie waren nie da.

Hunderegeln halten sich nicht an Reihenfolgen. Die kommen, wann sie wollen. Wie plötzliche Pfützen vorm Bett. Oder ein Keks auf dem Kopfkissen. Also: Nicht wundern. Einfach mitwackeln.

Und jetzt, wo du's weißt, weiter mit Regel Nr. 16.

Hunderegel 16: Schlappen gehören dem, der sie zuerst klaut.

Hunderegel 17: Socken sind nicht zum Tragen da. Sie sind zum Testen da. Auf Geschmack. Elastizität. Und die Geduld von Menschen.

Hunderegel 18: Wenn du lange genug süß guckst, vergisst der Mensch, dass du den halben Kühlschrank leergeräumt hast.

Hunderegel 18a: Bonuspunkte, wenn du danach auf den Schoß des Menschen springst und so tust, als wärst du ein Plüschtier mit Rehaugen.

Während ich das schreibe, liegt Skadi auf der Couch. Mit einem Blick wie ein Engel. Neben ihr: ein zerknüllter Zettel und ein halber Pantoffel. Ich seufze. Dann lache ich. Denn das ist Familie.

Und wenn es ganz still ist, wenn Skadi gerade wieder einen Schuh trägt, den sie ganz bestimmt nicht tragen soll und ich zum hundertsten Mal „Nein!" rufe, höre ich ihn. Aurka. Nicht mit den Ohren. Mit dem Herzen. So wie früher, wenn er im Flur lag. So groß wie ein Teppich. Aber immer mit einem Ohr bei uns. Er hat nie viel gemacht. Aber er war immer da. Still, oder auch laut gebellt, wenns nötig war. Präsenz. Liebe auf vier Pfoten. Und wenn's sein musste, auch mit einer halben Stulle im Maul, die mal mein Frühstück war.

Heute ist er nicht mehr hier. Und doch

überall. In Skadis Blick. In Anus Ruhe. In dem Gefühl, dass jemand über uns wacht, ganz ohne Flügel, aber mit großen, schützenden Tatzen.

Hunderegel 19: Man geht nicht ganz. Man bleibt.
In den Pfoten, die nach einem kommen.
In den Geschichten, die man hinterlässt.
Und in den Schlappen, die nie wieder an ihren Platz zurückgefunden haben.

GENIT.

Für Aurka. Und alle, die wie er lieben konnten – leise, aber ganz.

Kapitel 24 – Pfotengeflüster – Was sie über uns denken

Die Nacht war still. Fast. Nur das Schnaufen meines Mannes, die tickende Uhr und dieses zarte, fast unsichtbare Pfotenscharren, wenn Pepper sich wieder im Kreis drehte, weil ihr Platz auf dem Bett noch nicht perfekt genug erschien. Ich lag da. Dachte, dass ich die Einzige wäre, die wach ist. War ich nicht. Denn in diesen Momenten beginnt es: das große Pfotengeflüster. Ganz leise, kaum hörbar, aber voller Wahrheiten, wie sie nur Hunde kennen.

Wenn der Kaffee in der Spülmaschine landet und der Toaster nicht tostet, sitzt Anu einfach da. Mit Blick wie Buddha. Und ich schwöre, sie denkt sich: "Menschen.

Geben sich Mühe. Und sind doch... naja... besonders." Skadi hingegen ist eher der Typ "Stell dir vor, sie gucken alle – und du klaust trotzdem die Socke". Sie rennt, springt, lebt. Und sie weiß genau, was sie tut. Selbst wenn sie so tut, als wüsste sie's nicht. Und Pepper? Pepper kommentiert alles. Sie bellt, sie gackert, sie lacht innerlich. Manchmal hab ich das Gefühl, sie führt ein Tagebuch über uns.

Und dann – aus dem Nichts – passiert's. Skadi kriegt einen Zoomie. Erst ein Funkeln in den Augen. Dann ein Zucken im Hinterbein. Ein winziges "wuff". Und plötzlich ist sie weg. Vollgas durch die Bude. Ein Looping über die Wolldecke, ein Drift um den Couchtisch, eine Vollbremsung an der Haustür und ein finaler Salto auf das Kissen, das Sekunden zuvor noch in Sicherheit war. Wir bleiben sitzen. Sagen nichts. Halten einfach alles fest, was nicht rutschfest ist. Anu hebt eine Augenbraue. Pepper bellt einmal. Kennst du diese Momente, so lebendig, dass selbst die Kaffeemaschine kurz innehält.

Hunderegel #24: Wenn das Herz überläuft, lauf einfach mit.

Und wenn wir schlafen... dann legen sie sich zusammen. Mal auf dem Sofa, mal in der Ecke, mal halb auf dem Kopfkissen. Dann reden sie über uns.

Skadi (leise): "Also ich sag's euch, unsere Menschen haben echt nicht mehr alle Näpfe im Schrank."
Anu (müde): "Was ist jetzt schon wieder?"
Skadi flüstert: "Sie hat ihren Kaffee im Kühlschrank gefunden. Neben dem Senf."
Pepper (lacht): "Besser als eine Socke im Backofen."

Anu (nickt): "Stimmt. Die war von Aurka. Der hatte Stil."
Skadi: "Ich glaub, ich hab was von ihm übertragen bekommen. Ne gewisse... Eleganz."
Pepper: "Du meinst, wenn du mit dem Brötchen im Maul gegen die Glastür rennst?"

Anu: "Psst. Sie bewegt sich im Schlaf. Gleich kommt der Hitzewallungsschub."

Skadi (flüstert): "Sie träumt bestimmt wieder von diesem Buch." Vielleicht liest du ja gerade mit."

Pepper: "Neulich hat sie GENIT gesagt. Ich dachte, das ist ein Befehl."

Anu: "Ich glaube, das ist sowas wie ihr Zauberwort. Wenn sie das sagt, kommt immer so ein Leuchten."

Skadi: "Oder Wimperndepression ."

Pepper: "Oder Experimund. Wisst ihr noch?"

Skadi (nachdenklich): "Ich mag sie. Also... beide. Auch wenn sie doof gucken."

Anu: "Sie sind unser Rudel. Unser Chaos. Unser Zuhause."

Pepper: "Und wenn sie traurig sind, legen wir uns zu ihnen. Ohne Worte."

Anu: "Das reicht oft. Weil wir's einfach wissen. Ohne zu fragen."

Skadi: "Okay. Morgen klau ich ihr wieder eine Socke. Einfach, damit sie nicht vergisst, wie lebendig hier alles ist."

Pepper: "Und ich bell das Eichhörnchen an. Auch wenn's gar nicht da ist."

Anu: "Und ich schnarche. Laut. Wie Aurka. Damit's sich anfühlt wie früher."
Alle drei: "GENIT."

Nach dem Flüstern... kommt eine Stille, die lauter ist als jedes Wort. Dann legt sich Skadi eingerollt neben mich aufs Kopfkissen. Einfach so. Mit diesem Schnaufen, das klingt wie ein Seufzen: "Ich weiß, dass du heute viel gedacht hast. Ich bin da." Pepper liegt quer. Unverschämt. Aber genau richtig. Und Anu? Unter der Couch. Wie immer. Die stille Wächterin der Nacht.

Sie denken wahrscheinlich wirklich, wir sind doof. Sie wissen auch, dass wir sie brauchen. Sie sehen unsere Stimmung, lange bevor wir es selbst tun. Und sie bleiben. Mitten im Chaos. Mitten im Leben. Und mitten im Bett.

Hunderegel #25: Wir sagen nichts.
Aber wir meinen alles.

GENIT. Für alle, die mit Pfoten sprechen und mit Herzen hören.

Kapitel 25 – Hexe 2.0 & die Glaskugel

Wie schon erwähnt, ist mein Lebensstand, verheiratet. Mit einem Mann, der ganz genau wusste, worauf er sich einlässt: Kräuterhexe mit Humor. So richtig mit Räucherbündel, Teemischung, selbstgepflücktem Giersch und Kaffeesatzorakel. Er sagt manchmal: „Ich hab einfach ein Händchen für Hexen." Und ich sage: „Du hattest keine Wahl. Wir finden euch. Immer."

Heute hat er mich. Eine Hexe mit Glaskugel, Humor und einem Staubsauger mit Turbofunktion, der bei Vollmond auch mal den Flur entstaubt, während ich versuche, zwischen zwei Hundehaaren den Sinn des Lebens im Espresso zu erkennen. Manche fliegen auf Besen. Ich fliege auf Ideen. Und auf dem Staubsauger. Mit Kaffee in der Hand, Hund auf dem Fuß,

Zettel im Haar – was soll schon schiefgehen?

Ich bin keine klassische Hexe. Trage keine Robe und habe keine schwarze Katze. Aber ich oder wir haben drei Hunde. Zwölf Pfoten, die mich begleiten. Ein Rudel, das bellt statt miaut. Eine Tochter, die ganz genau weiß, wie der Zauber funktioniert und mich fragt: „Mama, hast du das wieder gezaubert?" Ich sage: „Nein. Ich hab's einfach gespürt." Dann lachen wir. Weil das Leben Magie ist, wenn man es lässt.

Falls du jetzt verwirrt die Augenbraue hebst: Ich weiß, die Nummern springen.
Hexenregel 1, 2, 3… und dann plötzlich 7, 8, 9.
Was ist mit 4 bis 6 passiert?

Tja.
Es könnte sein, dass sie verschwunden sind.
Entweder hat sie aber auch eine Krähe geklaut, oder die geistige Welt hat einfach beschlossen, dass Magie sich nicht an

Reihenfolgen hält.
So wie der Alltag auch.

Es könnte sein, dass es da nie Regeln gab.
4 bis 6.
Vielleicht kommen sie noch.
Oder du findest sie zwischen den Zeilen.

Also: Nicht wundern. Einfach
weiterzaubern.

Hexenregel 1: Magie ist, wenn der Kaffee
genau in dem Moment fertig ist, in dem du
ihn am dringendsten brauchst.

Hexenregel 2: Wer seine Intuition hört, fliegt
sicher auch ohne Besen.

Hexenregel 3: Lachen ist der stärkste
Zauber. Besonders über sich selbst.

Ich räuchere nicht täglich, mein Zauberwort
heißt GENIT. Und wenn ich es sage,
passiert was. In mir. Um mich. Ich hab

meine Spiritualität nicht gesucht. Die hat sich zu mir gesetzt. Einfach so. Wie ein neugieriger Hund, der dich mustert und fragt: „Na, bist du bereit?"

Ich weiß noch: Damals war da diese eine Frau. Ganz ruhig. Ganz anders. Sie hat Dinge gesagt, die ich gar nicht verstehen konnte. Aber ich hab sie gefühlt. Sie sagte: „Du weißt es doch längst. Du hast es nur vergessen." Ich dachte: „Was zum Geier…?" Und gleichzeitig: „Oh. Verdammt. Stimmt."

Seitdem begegnet mir Spiritualität überall. In Liedern. In Begegnungen. Im Supermarkt zwischen Waschmittel und Dinkelbrot. Manchmal spricht mich jemand an, einfach so, und sagt: „Sie haben aber eine besondere Ausstrahlung." Und ich denke: Wenn Sie wüssten, dass ich heute früh mit Zahnpasta auf der Stirn durchs Haus lief… Aber ja. Da ist was. Und ich hab angefangen, hinzusehen. Nicht mit Räucherstäbchen und Einhornposter (obwohl ich eins habe, heimlich). Sondern mit Gefühl. Mit Spüren. Mit: „Da ist mehr, als ich begreife. Und das ist völlig okay."

Hexenregel 7: Spirituelles Erwachen beginnt oft mit einem Hund, der in die Luft starrt und etwas sieht, was du noch nicht sehen kannst.

Hexenregel 8: Die geistige Welt hat Humor. Und sie benutzt gerne Menschen, die denken, sie hätten keinen Zugang.

Hexenregel 9: Wer mit dem Herzen schaut, braucht keine Glaskugel. Aber sie ist trotzdem hübsch auf dem Tisch.

Ich bin keine Allwissende. Hab auch keine Antworten auf alles. Aber ich bekomme Gänsehaut, wenn jemand redet. Und ich weiß: Das ist gerade nicht nur zwischen uns. Dann sag ich nichts und lächle nur. Streichle den Hund, der plötzlich wach wurde und Richtung Fenster schaut.

Vielleicht bin ich verrückt. Oder bin ich wach.Es kann auch sein, dass es das dasselbe ist.

Und genau das macht mich zu der Hexe, die jetzt hier sitzt, diesen Text schreibt und denkt:
Was für ein göttlich-chaotischer Plan das doch war.

GENIT. Für den Zauber zwischen den Dingen. Für alles, was flüstert, bevor du hinhörst. Für das Lächeln, das dich trifft, wenn du plötzlich weißt: Ich bin verbunden.

Kapitel 26 – Verkäuferin für mehr als nur Gefühle

Ich war mal Verkäuferin. Nicht für Waschmaschinen. Nicht für Versicherungen. Sondern mehr als nur Gefühle. Für Fantasien. Für Neugier. Für Dinge mit Batterien.

Willkommen in der Welt des Erotikshops. Und bevor du fragst: Nein, ich stand nicht in Reizwäsche hinterm Tresen. Aber mit gesundem Menschenverstand, Humor und mit roten Ohren. Denn hier kamen sie alle: Die Schüchternen. Die Neugierigen. Die Coolen. Die Verlegenen. Und die mit der Idee, besonders originell zu sein. Einer meiner Favoriten: Ein Mann in der Umkleidekabine. Er hatte Unterwäsche anprobiert. So weit, so normal. Eigentlich zieht man die über der eigenen an. Er sagte: „Können Sie mal eben schauen?" Und ich: „Klar."

Er öffnet den Vorhang und ich sehe... alles. Transparentes Slipmodell. Komplettes Gemächt. Er grinst. Ich nicht.

Ich atme durch, schaue ihn an und sage ruhig: „So. Und jetzt bitte ausziehen und raus. Ich hab keinen Bock mehr drauf. Sie sind nicht der Erste mit so einer dämlichen Idee." Professionell cool. GENIT eben.

Dann gab es die Klassiker unter den Fragen. Immer mit diesem „hihi ich bin ja so mutig"-Tonfall: „Haben Sie die Filme alle gesehen?" Ich trocken: „Na klar. Ich muss ja wissen, was ich verkaufe.Das nennt man Warenkunde." Augenzwinkern.

Oder: „Und... haben Sie das alles ausprobiert?" Ich: „Natürlich. Fachkenntnis ist das A und O."

Die Gesichter danach waren unbezahlbar. Aber dann gab es auch die anderen. Die Leisen. Die, die einfach mal reinschauten. Weil sie neugierig waren. Oder unsicher.

Weil ihnen etwas fehlte. Nähe. Mut.
Selbstbewusstsein. Oder sogar Aufklärung.

Und plötzlich war ich nicht mehr nur
Verkäuferin. Ich wurde zur Zuhörerin.
Mutmacherin. Ein Mensch mit Herz. Ohne
Scham. Ich erklärte. Fragte. Lächelte Und
blieb. Ich war da. Zwischen Regalen voller
Plüschhandschellen und batteriebetriebener
Ideen.

Es gab Momente, in denen ich einfach nur
zuhörte. In denen jemand leise sagte: „Ich
wollte das schon lange. Aber ich wusste
nicht, ob das okay ist." Und ich antwortete:
„Wenn es dir guttut, dann ist es mehr als
okay."

Kamen sie wieder? Ja. Mit einem Lächeln.
Mit einem Danke. Mit einem Hauch mehr
Selbstsicherheit. Und das war es wert. Am
Ende war es nie nur der Laden. Es war
mehr als nur der Job. Es war die
Begegnung. Es war das Mittendrin. Der
Moment zwischen Scham und Mut.

Es fühlte sich nie besonders. Aber echt. Und genau das war das Besondere. Nicht, weil ich Verkäuferin war... weil ich Mensch war. Nahbar. Und weil ich gelernt habe... Wer mit dem Herzen dabei ist, verkauft keine Produkte. Sondern Vertrauen.

GENIT. Für all die Begegnungen hinter Vorhängen, Theken und Stirnfalten. Für das Menschsein in Räumen, wo keiner damit rechnet. Und für alle, die sich trauen, echt zu sein. Auch mit roten Ohren.

Kapitel 27 – Weil Humor bleibt, wenn alles andere wackelt

Manche nennen mich „die mit dem Humor-Gen". Ich sag immer: Das hat das Leben mir mitgegeben. Irgendwann um 1979 rum. Ernst kann ich. Aber wozu? Das Leben ist doch ernst genug, da muss man's nicht auch noch ernst nehmen. Ich hab nie stundenlang in dunklen Gedanken fest gehangen. Man muss einfach auch mal was anders machen. Wenn Plan A nicht funktioniert, dann kommt eben Plan B. Oder C. Oder ich laufe einfach los und der Weg ergibt sich unterwegs. No risk, no fun. Ich bin chaotisch, aber kreativ-chaotisch. Wenn die eine Idee nicht klappt, kommt eben die nächste. Oder schmeiß alles über den Haufen und back einen Kuchen. Ohne Rezept. Aber mit Gefühl.

Wenn's mir tagsüber schlecht geht, bleibt der Haushalt liegen. Dann liegt eben mal Staub auf dem Regal. Na und? Mein Mann sagt dann nur: „Ist doch kein Problem.

Machst du's halt morgen. Oder übermorgen." Und ich denk: GENIT. Manchmal ruht die Welt eben auf Pause. Hol mir dann einen Kaffee, schnapp mir die Schokolade und warte, bis die Laune wieder auftaucht. Denn die kommt immer wieder. Spätestens, wenn einer meiner Hunde pupst. Oder sich rückwärts vom Sofa rollt.

Und weißt du was? Meine Tochter ist genauso. Erwachsen, aber mit diesem wundervollen Schimmer von kindlichem Trotz gegen die Schwere der Welt. Früher, wenn sie Stubenarrest hatte und eigentlich zu einer Freundin wollte, hat sie sich nicht geärgert. Dann hat sie einfach geswitcht. Das Beste draus gemacht. Ich hab's ihr quasi vererbt. Das Chaos-Gen. Das Krümel-Herz. Und die Freiheit, sich selbst nicht so ernst zu nehmen.

Und wenn das nicht reicht, dann weiß ich auch nicht. Vielleicht ist das hier meine kleine Superkraft. Nicht, dass ich alles leicht finde. Aber ich finde immer das Leichte darin. Auch wenn es gut versteckt ist, unter Sorgen, zwischen Rechnungen, hinter einem brennenden Toast. Ich finde es. Irgendwo ist es da. Der Funke. Das Kichern. Die Szene im Kopf, die viel zu albern ist, um sie nicht zu erzählen. Ich bin die, die lacht, wenn andere schon mit den Augen rollen. Und beim Zahnarzt noch Witze. Und selbst in den dunkelsten Momenten noch flüstere ich: „Komm, einer geht noch." Die morgens mit zerzausten Haaren in die Küche schlurft und unterwegs dreimal vergisst, warum sie da überhaupt hinwollte. Und wenn ich dann feststelle, dass der Kaffee im Kühlschrank steht, lache ich. Weil genau das mein Leben ist. Chaos mit Herz. Humor mit Tasse. Und ein bisschen Glitzer obendrauf. Nicht perfekt. Aber so verdammt lebendig.

GENIT. Für alle, die lachen, obwohl gerade nichts lustig ist. Für alle, die das Leben nicht entknoten, aber mit Schleife tragen. Und für dich – falls du's vergessen hast: Du darfst. Immer.

Kapitel 28 – Unterschätzt mich ruhig

Früher sagte man mir eine gewisse Bauernschläue nach. So, als wäre ich irgendwie clever, aber halt auf rustikale Art. Nicht raffiniert genug fürs Feuilleton, aber zu schnell im Denken, um völlig unterschätzt zu bleiben. So eine, die im richtigen Moment den Mund aufmacht und zack, stehen alle da wie Kühe im Regen. Sogar meine damalige Schwiegermutter soll mal gesagt haben: „Die ist auch nicht die hellste Kerze auf dem Leuchter." Zu ihrem Sohn. Also… meinem Ex. Tja, blöd nur, wenn man selbst im Dunkeln steht und nicht merkt, wie hell andere strahlen.

Das hab ich aber nie als Beleidigung genommen. Eher als Ehrenauszeichnung vom Leben. Für das Stille-Wasser-Sitzen bin ich nicht gemacht. Ich bin der Dominostein, der rausfällt. Absichtlich. Unterschätzt mich ruhig. Ich brauch keinen Titel, kein Diplom, kein Glitzer auf meinem

Lebenslauf. Schon beim Reingehen sorge ich lieber für das portionierte Chaos. So eine, über die man erst lacht und dann leise nachdenkt.

Bei meinem Mann, hab ich mich auch nie verstellt. Nie so getan, als wüsste ich alles. Hab einfach gefragt, wenn ich was nicht wusste. Locker. Ohne Scham. Ohne Angst, dass man über mich lacht. Und er? Er hat's mir erklärt. Ganz ruhig. Ohne Augenrollen. Weil wir uns eben auf Augenhöhe begegnen. Von Anfang an. Nicht von oben herab, nicht von unten rauf. Sondern ehrlich. Menschlich. So, wie's sein soll.

Mit Intelligenz sehe ich es genauso wie mit Instinkt. Zu wissen, wann Lautsein hilft und wann Zuhören reicht. Ich hab keine Ausbildung in Psychologie, aber erkenne, wenn jemand lügt oder wenn jemand traurig ist und sich hinter einem Lächeln versteckt. Ich spreche die Sprache der Zwischenräume. Die Pausen. Die Blicke. Und die kleinen Bewegungen, die lauter sprechen als jedes Wort.

Wenn das Bauernschläue ist, dann bin ich gern Bäuerin des Herzens. Eine, die weiß, wie man Dinge aussät, auf den richtigen Moment wartet und irgendwann erntet, was andere nicht mal gesehen haben.

GENIT.

Kapitel 29 – Dann saß ich da...

Manchmal merkt man erst gegen Ende, wie viel eigentlich schon gesagt wurde. Nicht geordnet. Aber doch da. Und während ich hier sitze und nochmal durchblättere, was das hier eigentlich geworden ist, kommt dieser Moment: Ich nicke. Nicht weil alles perfekt ist. Ganz im Gegenteil. Eher völlig unperfekt. Nicht weil es einen runden Schluss gibt. Sondern weil ich spüre, dass es lebt.

Ein Fazit wollte ich nicht schreiben. Kein großes Kapitel, das mit Trompeten und Leuchtbuchstaben sagt: „So, das war's jetzt." Das hier ist eher ein kleines Zucken im Bauch. So eine Mischung aus Erleichterung, Müdigkeit und diesem Gedanken: Hab das echt gemacht. Mich hingesetzt, Kapitel für Kapitel, Flips auf dem Tisch, Hunde im Rücken, Chaos in der Luft und hab's einfach geschrieben. Nicht, um jemandem etwas zu beweisen. Auch nicht, weil ein Verlag gedrängelt hat. Sondern weil ich Menschen in ihren Herzen berühren möchte.

Ich weiß noch, wie das angefangen hat. Mit einer Idee, die keine war. Mit einem

Nicht-Plan. Mit ein paar Zeilen nachts um halb drei, zwischen Kaffee, Müdigkeit und der Frage: „Schreib ich das jetzt wirklich auf?" Und dann war da dieser Moment, wo ich einfach gemacht habe. Ohne Konzept. Ohne Absprache. Einfach los. Und genau so ist das hier entstanden: zwischen den Momenten. In den Lücken. Im echten Leben.

Es war alles drin. Wut, Müdigkeit, Liebe, Stimmen. Die leisen und die lauten. Und auch das, was ich selbst manchmal erst verstanden hab, nachdem ich's geschrieben hatte. Dieses Unperfekte. Dieses Mittendrin. Das, was man nicht greifen kann, aber trotzdem mitspürt, wenn man sich erlaubt, hinzuhören.

Ich weiß, dass nicht jeder Satz sitzt. Dass nicht jeder Absatz elegant über die Seite tanzt. Aber darum ging's auch nie. Es ging darum, ehrlich zu sein. Und dranzubleiben. Und vielleicht auch darum, dass man gar nicht immer wissen muss, wofür etwas gut ist. Solange es sich beim Schreiben richtig anfühlt.

Nicht fertig gedacht, aber gemacht. Und vielleicht liegt genau darin der Wert: Dass man irgendwann einfach anfängt. Trotz allem. Trotz Zweifel, Trotz Müdigkeit, Trotz Alltag. Und dass man dann nicht aufhört, bloß weil es manchmal holpert.

Jetzt, so kurz vorm Ende, merke ich: Da ist noch was. Klar. Natürlich. Aber nicht mehr alles muss in dieses Buch. Denn ein paar Gedanken hebe ich mir auf. Für danach. Für das nächste Projekt. Für das, was noch nicht reif war. Und das ist gut so. Denn manchmal reicht es, zu wissen, dass noch nicht alles gesagt ist, um sich selbst nicht wie abgeschlossen zu fühlen.

Kein Punkt, der das Licht ausknipst. Lieber ein leiser Blick zurück, ein kleines Schulterzucken, ein leises Lächeln. Nicht perfekt. Nicht vollständig. Aber mit dem Gefühl: Das hier war genau richtig.

Kapitel 30 kommt gleich. Aber das hier war wichtig. Dieses stille Sitzen. Dieses Zurückblicken, ohne stehenzubleiben. Und vielleicht ist das genau der Moment, in dem man spürt: Es geht weiter. Nur nicht jetzt. Jetzt atmen wir kurz. Und dann schreiben wir weiter. Wort für Wort.

GENIT.

Kapitel 30 – Plötzlich war es noch ein Buch

Weißt du, ich wollte nie die Welt verändern. Nur kurz ich sein. Zwischen Wäschekorb und Weltflucht. Zwischen Hundehaaren und Herzhüpfen. Und dann ist ein Buch draus geworden. Keins mit Fahrplan. Mehr so eins mit Umwegen. Und viel Kaffee.

Mit Dialogen, Scheinbar sinnfrei, aber ehrlicher als manch ein Lebensratgeber.Klug oder weise sollte das nicht klingen. Ich wollte einfach schreiben, was sich drängelte. Was zu laut wurde für den Kopf und zu schwer für den Bauch. Und manchmal war es ganz leise. So leise, dass es nur der Hund gehört hat, der sich dann neben mich gelegt hat. Ganz nah. Einfach so.

30 Kapitel? Stand nie auf dem Zettel.

Aber GENIT – so kam es. Und weißt du was? Mein erstes Buch hatte auch 30. Zufall? Vielleicht. Oder einfach nur stimmig. Das Lustige daran ist, ich bin die 3. In der Numerologie. Im Herzen. Im Quatschen. Im Chaos. Im Lachen. Im „Och komm, eins geht noch".

Die 3 steht für Kreativität, für Ausdruck, für das innere Kind mit Krönchen auf dem Kopf und Glitzer an den Fußsohlen. Ich hab sie mir nicht ausgesucht. Oder doch ?….

So wie dieser Humor, der mir morgens schon den Kaffee umrührt. Oder der Gedanke, dass vielleicht irgendwo da draußen jemand beim Lesen lacht und gar nicht weiß, warum.Ein Ratgeber sieht definitiv anders. Ich bin ein wandelnder Synapsenfasching. Ein offenes Buch mit Eselsohren und Kaffeeflecken. Und weißt du was? Das ist genau richtig so.

Ich bin eine Hexe mit Staubsauger-Turbo. Ein Mensch mit Herz in der Hand und Hunden auf den Füßen. Perfekt ist niemand. Aber einfach anfangen wenn der Moment da ist. Weil das Herz kribbelt. Weil es „jetzt oder nie" heißt.

Und jetzt? Jetzt ist es fertig. Oder vielleicht auch nicht. Vielleicht kommt noch ein Kapitel oder einfach ein stilles Nicken von dir, ganz heimlich, beim Zuklappen des Buches. Vielleicht bleibt nur ein kleiner Satz in deinem Kopf. Oder ein Lächeln. Oder dieser ganz stille Gedanke: „Ja. Ich hab's verstanden."

Wenn du beim Lesen einmal gelächelt hast, dann ist das hier nicht nur ein Buch. Dann ist es ein unperfektes Mittendrin. Ein kleines, leuchtendes Zeichen dafür, dass Leben nicht immer Sinn machen muss, sondern Freude. Und dass ein Herz manchmal mehr bewegt als tausend Pläne.

Und wenn du dich irgendwo zwischen den Seiten ein bisschen wiedergefunden hast. Mitten im Chaos, mitten im Glitzer, mitten im Herzklopfen. Dann war's mehr als gut. Dann war's... GENIT.

Kapitel 31 – Die Magie bleibt

Ich hätte vorher einen Ratgeber lesen
können, einen Leitfaden befolgen, eine
Gliederung machen. Hab ich nicht.

Ich hab einfach angefangen. Mit Flausen im
Kopf. Mit Ideen, die nachts kamen und
morgens schon wieder weg waren und
trotzdem irgendwie ins Buch gehüpft sind.

Und hätte ich sagen sollen: „So. Das war's.
Kapitel 30. Schluss." Aber ich bin nicht der
Typ für glatte Abschlüsse. Ieher für: „Warte,
da fällt mir noch was ein!"

Ich wollte einfach nicht, dass du hier
rausgehst, ohne diesen letzten kleinen
Blick. Ohne diesen einen Satz. Kein Knall.
Kein Glitzer. Aber genau mein Ton. Und
deiner vielleicht auch.

„GENIT – das bin ein bisschen auch ich."

Denn das hier war kein Buch, das dir sagt, wie du leben sollst. Es war eins, das dich eingeladen hat, dich zu erinnern.

An dein Lachen. Deine Schrägheit. Dein inneres Kind mit Glitzerkrone. An das, was irgendwo vergraben war unter dem Alltag, unter dem Ernst, unter dem ganzen „man muss" und „man darf nicht".

Wenn es irgendetwas gibt, was du mitnimmst, dann das:

Du bist nicht zu viel. Du bist nicht zu laut. Nicht zu bunt. Nicht zu chaotisch.

Du bist genau richtig. Und dein Leben das ist auch ein bisschen ein Unperfekt und du mittendrin.

Also nimm dir wonach immer dir jetzt ist. Schnapp dir die Tasse. Lass das Licht an. Und tanz noch kurz in deinen eigenen Seiten.

Denn wenn du das kannst, dann war's nicht nur GENIT. Dann war's Magie.

Und wenn du dich fragst, warum es doch Kapitel 31 geworden ist, obwohl 30 doch so rund klang, dann weißt du jetzt: Einfach kann ja jeder.

Redaktionsrückblick – Unsortiert und trotzdem echt

Jo sagt: „Also, Kapitel 3 – das war doch groß. 'Ich schwitze nicht – ich leuchte.' Hättest du da nicht wenigstens ein Diagramm einbauen können?"

Lisa: „Nein, das war wunderbar. Das war pure Wahrheit. Ich hab das gefühlt. In jeder Achselpore."

Frau Runkel: „Mir fehlte die Fußnote. Und ein Hinweis auf die historische Entwicklung weiblicher Körpertemperatur in der Literatur."

Pepper: „Ich war bei dem Kapitel eher Team Flips. Oder war das das mit dem Sofa? Ich komm durcheinander."

Skadi: „Ich fand den einen Teil stark. Da lagen wir doch alle. Und alles war gut. Ich mag sowas."

Anu: „Ich hätte geschlafen, aber ihr habt ja wieder diskutiert."

Marcel (leise, aber klar): „Ich fand Kapitel

14 wichtig. Das mit Ahnichdu und Tutuma. Weil es zeigt, wie Gedanken zu Figuren werden. Und wie man in einem Ausruf eine ganze Welt erschafft."

Lisa nickt: „Und Kapitel 20. Zwei Seelen und ein Keks. Wenn das kein Liebesbeweis war, dann weiß ich auch nicht."

Jo: „Ich fand Kapitel 19 besser. Mein Körper ist ein Baumhaus. Endlich mal was zum Anfassen. Zum Spüren."

Frau Runkel: „Ich notiere: Körpertext, Symbolik, Authentizität. Sehr gut."

Pepper: „Ich hab immer noch Hunger."

Skadi: „Warte, das war doch das Kapitel mit dem Brötchen, oder? Das mit dem Brötchen war meins."

Anu (mit Blick aus dem Halbschatten): „Kapitel 23. Die mit den Pfoten. Aurka. Das war echt. Das war leise. Das war meins."

Jo (leise): „Da war ich auch still."

Marcel: „Da waren wir alle still."

Frau Runkel (zögernd): „Und was ist mit Kapitel 30? Das mit der 3? Numerologisch betrachtet..."

Lisa grinst: „Lass gut sein. Das war rund.
Und kapitelmäßig genau richtig."
Skadi: „Ich fand die Stelle mit der
Glitzerkrone super."
Pepper: „Und der mit dem Flip im Haar."
Anu: „Und jetzt?"

Stille.

Jo: „Jetzt? Jetzt war's das wohl. Zumindest
dieses Buch."
Lisa: „Aber ich wär bereit. Für mehr. Für
nochmal. Für 1000 Stimmen."
Marcel lächelt: „Wir sind ja schon da."
Frau Runkel: „Ich sortiere schon."
Skadi: „Ich fang nochmal von vorne an."
Pepper: „Aber erst essen."

Und irgendwo im Off flüstert eine Stimme:
„GENIT."

Danksagung

Danke an alle, die mitgeschwankt haben,
als ich selbst noch keinen Plan hatte.
An unsere Hunde, die mit mir geschnauft,
gelacht, gebellt und geschwiegen haben.
An meinen Mann, der auch dann noch da
ist, wenn das Nutellaglas leer ist.
An jede Sprachnachricht, die mich aus dem
Kopf zurück ins Leben geholt hat.
Und an euch, die ihr dieses Buch in den
Händen haltet –
fürs Mitlesen, Mitfühlen, Mitsein.

Ohne euch wäre das hier nur ein Haufen
Buchstaben. Jetzt ist es ein Stück Weg.

Über die Autorin

Kirstin Ilge schreibt keine Bücher, um Autorin zu sein. Sie schreibt, weil Worte in ihr sind, die nicht leise sein wollen. Gedanken, die sich querstellen. Gefühle, die nicht geordnet, sondern gespürt werden wollen.

Sie lebt mit ihrem Mann und drei Hunden – eine Mischung aus Chaos, Liebe, Fell und Krach mit Herz. Und ja: Manchmal ist das Leben lauter als der Text. Aber genau daraus entstehen ihre Bücher. Direkt aus dem echten Alltag. Zwischen Türrahmen und Tobsucht, Kaffeetasse und Klartext.

Kirstin hat keinen Stil gelernt – sie hat ihren gefunden. Direkt, ehrlich, widersprüchlich, manchmal schräg – aber immer mit Herz. Sie braucht kein Label, keine Schublade, keinen Titel. Nur eine Stimme. Oder auch tausend.

Denn ihre Bücher erzählen von Stimmen, Stimmungen, Stolperstellen. Und von dem Mut, weiterzuschreiben. Weil das Leben oft mehr erzählt, als man je planen könnte.